悪役令嬢
エリザベスの幸せ

エリザベス
王太子の婚約者だったが、“真実の愛”のお相手である男爵令嬢へのイジメ疑惑を王太子より追及され、婚約解消となる。故国から移動し、隣国で自由に生きていこうと決意。最終目標は、『社交界の珍獣化』。
アルトゥール
王国の王太子。エリザベスの元婚約者。男爵令嬢と親交を深めた挙句、エリザベスにイジメ疑惑を追及した。
ルイス
エリザベスが移動した先の新天地で、偶然の出会いを繰り返すこととなる青年。その正体は……？
主な登場人物

レオポルト・ラッセル
ラッセル公爵。エリザベスの父で、妻子を心から愛している。
エレナ・タンド
タンド公爵夫人。親友・アンジェラの娘であるエリザベスを大切に思っている。
アンジェラ
エリザベスの母。エリザベスが3歳のときに亡くなっている。

Contents

悪役令嬢エリザベスの幸せ

香練

イラスト
羽公

序章　悪役令嬢の10分29秒

「殿下。10分間、お時間をいただけますか？」

「10分？」

「はい。正確には10分29秒。29秒は切り捨てます。殿下と側近方が、〝ご意見〟されたお時間です。私は尋《たず》ねられたお答え以外、黙って拝聴しました。私の言葉も聞いていただけますか？」

卒業式を控えた最後の生徒総会――

壇上に呼び出され、殿下の〝真実の愛〟のお相手を私がイジメたと、次々と一方的に追及された時間だ。

3年前、王立学園の入学祝いに殿下から贈られた、ブレスレットタイプの時計で測った。

間違いはない。

ちなみに殿下には懐中時計を贈った。デザインも二人で相談し注文したお揃いだ。

互いの瞳の色の宝石を文字盤に配し、4本のピンクのチューリップをピンクダイヤモンドとエメラルドで象《かたど》った麗《うるわ》しい品。

殿下の手元で最後に見たのは半年前だ。

私が貴族的に微笑《ほほえ》み、厳しい王妃教育で身につけた〝気品〟や〝覇気《はき》〟をまとうと、殿下は気圧《けお》されたように頷く。

〝お優しい〟ですものね、あなたは。

「え〜、アル〜。許しちゃうの〜」

「最後くらいいいじゃないか」

エスコートと言うよりも、殿下の腕を胸の谷間に挟むほどしがみつき、甘ったるい声で抗議するシャンド男爵令嬢を宥《なだ》めている。

本当に〝お優しい〟こと。

「では10分だぞ」

「〝お慈悲〟をありがとうございます。アルトゥール殿下」

美しいお辞儀《カーテシー》で感謝と敬意を示した後、私は口調を変える。

2年前に禁止された話し方――

この〝10分間〟くらい、好きにさせてもらおう。

小さなバッグからある品を取り出し、殿下に見せる。

そして懐《なつ》かしさと切なさを込め、2年ぶりに、二人だけの愛称で優しく呼びかけた。

「ルティ様。この栞《しおり》、覚えてますか？」

「それは……」

「覚えててくれてとても嬉《うれ》しい。そう。4歳の時に作ってくれた、白詰草《しろつめぐさ》の指輪。5歳の時に、お気に入りの童話に挟んで押し花にしてたのを、ルティ様が見つけて栞にしてくれたの。『ずっと持っててね』って。大切な宝物が、この約束で何物にも代えられなくなった。あの頃は楽しかった。無邪気に遊んで、夢を語って……。

6歳で婚約した時、『大好きなリーザ。二人で、民《たみ》のためにいい国を作っていこう』、『私も大好き。ルティのために一生懸命がんばる』って約束して、大人の真似事《まねごと》で誓約書を交わした。これも大切な宝物の一つ。どうかご心配なく。誓約書で人の心は縛れないもの……」

「リーザ……」

昔話のためか、殿下も二人だけの愛称で応える。いつぶりだろう。近ごろは〝ラッセル公爵令嬢〟ばかりだった。

「このバッグには、ルティ様からの贈り物が詰まってるの。これは7歳の時。初めてのお忍びで、城下の出店で二人で買ったおそろいのアミュレットリング。王妃陛下から『偽物なんか買ってきて。捨てなさい』とお叱りを受けたわ。私は侍女に頼み込んでこっそり取り戻したの。このリボンは8歳の時。二人で本を読んでいて紙で切った指を、ルティ様が自分の髪のリボンを解《ほど》いて止血に結んでくれた。この房飾《タッセル》りは9歳の時。『これで剣帯に刺繍《ししゅう》して』って渡された刺繍糸の残りで作ったの。王妃陛下お手製の立派な剣帯に遠慮してたのわかってくれて、すごく嬉しかった。出来上がった剣帯も喜んでくれて幸せだった。

10歳はハンカチ。難しくなっていく王妃教育に庭園でこっそり泣いてた私を、探し出して慰めてくれた。私が刺繍したハンカチを使ってくれてて嬉しかった……」

「……」

この後も王妃教育の気分転換に、と気遣《きづか》ってくれた品々を思い出と共に見せていく。殿下は約束通り、黙って聞いている。全校生徒も側近達も雰囲気に呑まれ、見守るばかりだ。

11歳、ルティ様が選んだハーブの香り袋。

12歳、あの白詰草を押し花にしてた童話の豆本。

13歳、ルティ様が庭園で拾って磨き込んだ石のペーパーウェイト。自分の瞳の色に似てるだろって自慢してた。

私の瞳の色に似ている石は、自分が内緒で使っていると恥ずかしそうに話してくれた。

14歳、銀のペン軸。視察先の工房でデザインが綺麗《きれい》で書きやすかったからとのお土産《みやげ》。5本セットの1本を取っておいた。

そして、最後――

「15歳の入学祝いに、この時計のブレスレット。ルティ様には懐中時計……」

左手首の、4輪のチューリップを連ねた金の輪をそっとなでる。

「授業や王宮の教育で離れても、将来のために同じ時間を刻んでるんだ。愛してる。励まし合おうって。本当に幸せだった……。もちろん王太子の婚約者として、素敵なドレスや宝飾品もいただいたわ。全部クローゼットで大切にしてる。

それとは別に、これは、ルティ様の〝優しさ〟が詰まった、私の宝物なの」

一つひとつ、思い出の品を取り出し、しまっていく。

「……王立学園での3年間は、王宮で受けた教育の仕上げと実践だった。ルティ様。国王陛下や王妃陛下から、そういうお話はあった？」

「え？　っと……。そういえば、学園でも王太子として自覚を持ち、ふさわしい行動をするように、とは言われた、かな」

「そうね。『少しでも自由がほしい。卒業したら一日中公務なのに』って話してた。ね、ルティ様。私はどうだったと思う？」

「確か……。リーザは聞いてくれたけど、言わなかったね。俺と同じ？　王太子の婚約者らしく、とか？」

「ええ。王太子の婚約者らしく、入学前に、〝純潔〟か否か確認されたの」

「!?」

殿下の表情に驚きが走る。

私達の会話を静聴していた多くの生徒がどよめき、女子は顔が赤くなった方もいた。

「そんな顔しないで。もちろん女性の宮廷侍医よ。昔、〝不祥事〟があってからの慣例なんですって。この〝純潔〟を護るためにも、王命を受けた〝ご学友〟の方々が学園と王宮で付きっきり。家でも王妃陛下が遣《つか》わされた侍女の方々。ソフィア様。いつもありがとう」

私はあえて明るく、〝ご学友〟の一人に声をかける。

「その、エリザベス様。よろしいのですか？」

「覚悟の上です。私は重責に耐えうる器《うつわ》ではありません」

「そんなことは決してございません。私こそ力及ばず、誠に申し訳なく……」

「いいえ、あなた方に責はありません。どうかお気になさらないで。ルティ様。ソフィア様を始めとした〝ご学友〟や侍女の方々には、王妃陛下に私の言動履歴書を毎日報告する義務があります。その報告書をご覧になれば、イジメ行為をしていたか一目瞭然《いちもくりょうぜん》です」

すると、〝王太子妃にふさわしくないイジメ行為〟を追及した、殿下の側近の一人が怒声を上げる。

「そんな取り巻きの報告書なんて信じられるか!!」

ビリビリとした空気の振動。

大柄な男性の大声はそれだけで怖い。恫喝《どうかつ》だ。未経験の多くの生徒が怯《おび》える。

シャンド男爵令嬢は、「ひどいですわ〜。また嘘ついてる〜」とか言ってる。

宮廷儀礼や舞踊、乗馬、護身術etc.で鍛《きた》えられた、淑女の筋肉を舐《な》めては困りますわ。

しなやかな腹筋で支える声楽の応用で、講堂の隅々まで涼《すず》やかに通る声でピシリと返す。

「お静かにあそばせ。まだお約束の10分の間。でも、ルティ様も同じお疑いはお持ちでしょう。さすが賢妃と名高い王妃陛下。お見通しでございます。報告官以外に査察官も任命されていま す。メアリー様もお疲れ様でございます」

「王妃陛下の名誉あるご命令ですもの。エリザベス様の粗探《あらさが》し、楽しゅうございますわ。オーホッホッホッホッ……」

私をずっとライバル視してきたメアリー様が、扇の陰で高笑いする。

「メ、メアリー嬢が？　ソフィア嬢もメアリー嬢も、僕の婚約者候補だっただろう⁉」

あら、殿下。公的な一人称が、〝私〟から〝僕〟になってますわよ。

まぁ、私的な〝俺〟は周囲に合わせた背伸びですものね。

「王妃陛下のご真意は私にはわかりかねます。さらに護衛として、王家の〝影〟の方々もご配慮いただき、別途の報告書もあります。どうかご照合願います」

「わ、わかった。王宮に帰り次第、母上に、いや王妃陛下に確認する」

「ありがとう、ルティ様。ただこの〝イジメ問題〟とは別に、ルティ様がシャンド男爵令嬢と〝真実の愛〟を見つけられても、無理はないんです」

「え？」

「ルティ様。この2年間、王宮での教育、以前と比べて変わってませんか？」

「そういえば……」

「そうでしょう？　実はルティ様のお優しい性格は、帝王教育では矯正《きょうせい》困難と、入学後の半年で断念。2年半前に、ご性格を活かした、〝慈愛深い国王〟という方針への転換が決定。

その代役に、私が法治国家、法令遵守を体現する役割を果たすように、との王妃陛下のご進言による王命が下りました。臣下なら王命拝受は当然です」

「じゃ、リーザ、が、僕の、代わりに？」

「ええ。この方針転換に伴い、1年生の後半は、半年で数年分の座学を、毎日一気に詰め込まれる日々でした。実践課題があっても、1年生の前半は本当に楽しかった……。

ルティ様と踊った新入生歓迎パーティー。ご一緒のランチ。放課後、図書館で宿題の答え合わせ。夏至祭《げし》のお忍びデート。幸せでした……」

今にして思えば、あの半年は夢のような日々。思わず遠い目になってしまう。

だが、今の私に許された時は10分間だけ。

「リーザ……」

「しかし、王命に従うは臣下の務め。王国の雛型《ひながた》である、この王立学園の規律と秩序を守るため、半年間の座学を経た2年生以降、生徒会役員の立場から教職員と連携し、校則とマナー上、行き過ぎた方々への注意や勧告を行う。これが新たな実践課題でした。そこで、ルティ様がお優しい言葉で取りなし導く。鞭《むち》と飴《あめ》の絶妙なバランスで、ルティ様に人望を集める。

私が憎まれ役、悪役を務め、『厳しい』『口うるさい』と陰で言われても本望でした。愛らしさもない女から、心が離れても無理はありません」

イメージ操作で、化粧も髪型も声も話し方も変えた。

殿下が愛《め》でてなでていた、なめらかで絹糸のような金髪も巻いて結《ゆ》い上げ、吊り目がちに。

頭痛になりやすく厳格さが3割増し、本当に悲しい。

「そんな！　どうして、どうして話してくれなかったんだ！　明るくて優しいリーザが、変わってしまったって、僕は、僕は……」

「王妃陛下のご進言による王命でした」

「!?」

「次世代の王国を担う二人の信頼関係を試す、と。私はルティ様とご側近の方々から、2年次編入生・シャンド男爵令嬢に関するご質問に、『マナーに不慣れなお振る舞いが、周囲の誤解やトラブルを招くため、注意や勧告のみさせていただきました』と何度もお答えしました。

しかし信用もなく、王宮の報告書で反証できる濡れ衣とはいえ、生徒総会でこうして一方的に罪を問われ……。仲睦《なかむつ》まじくあるべき国王と王妃にはほど遠く……。よって王妃教育の実践課題は落第。また、学園でのルティ様の女性問題は、成婚後の後宮の運営能力の実践課題。

これにも落第。最後に、この課題の内情を漏洩《ろうえい》。王妃陛下のお許しは、卒業後、ルティ様と二人っきりになった時、でございました。残すは2週間。でももう限界でした。

つまり、私は三重《さんじゅう》に、王太子の婚約者失格でございます。速《すみ》やかに帰邸し、父・ラッセル公爵より国王王妃両陛下に、婚約ご辞退を申し出ます」

私は櫛《くし》を取り結い上げた髪を解くと、ゆるふわウェーブの金髪が背中に流れる。

くりっとしてかわいいと殿下に愛された目元を取り戻す。

そして、〝優しさ〟が詰まったバッグを、想いを込めて胸に抱く。

さようなら。私の初恋――

「ルティ様。私と〝誠実な愛〟を10年以上紡《つむ》いでくれて、本当にありがとうございました。その〝お優しさ〟のみで、私は充分。婚約者として頂戴した宝飾品とドレスは換金して、王都の孤児院に寄附《きふ》し、報告書は王宮の財務担当官へ提出します。ただいまで9分間。

王国の輝く星、アルトゥール王太子殿下。忠実なる臣下、ラッセル公爵が長女エリザベスは、少々早うはございますが、これにて失礼いたします」

優美にお辞儀し、壇上から降りていく。

「リーザ！　待ってくれ！　疑いは晴れたんだ！　リーザ！」

シャンド男爵令嬢を振り解き追いかけてくる殿下へ、くるりと振り向くと、ちらっと時計を確認し柔らかに微笑み応じる。

「王太子殿下。お優しすぎます。王宮で2種類の報告書に、ご自分でお目を通してご判断なさいませ。そうですわ。〝悪役〟から最後のご勧告を2点。王太子殿下の懐中時計が、城下の新興質屋『ピオニー』のウィンドウにありとの情報がございます。ご落胤《らくいん》騒動の元ですので、直ちに回収を。また、〝まだ清らかなご関係〟の〝真実の愛〟のお相手、ご寵愛《ちょうあい》のシャンド男爵令嬢の〝純潔〟も確認されるべき、との〝影〟からの勧告がございます。

まあ、ちょうど10分29秒でございますね。皆様、ご清聴ありがとうございました」

「行かないでくれ！　リーザ！　リーザ！　リーザ！」

全校生徒に優雅にお辞儀した私は、凛然《りんぜん》と前を見つめ退場した。

1章　悪役令嬢の〝大移動〟

「やってきたか」

「やってきました」

しばしの沈黙。

「いけない！　お父さま。今は浸っている場合じゃありませんの。お手数をかけますが、後はよろしくお願いします。まずはAプランでまいりますわ」

ラッセル公爵家王都邸《タウンハウス》の執務室――

騎士服姿の私を抱きしめる、父・ラッセル公爵は〝本当の意味〟でお優しい。

両肩に重責を担《にな》った〝慈悲深き微笑みの宰相〟の正体は、しなやかでしたたかだ。

見えるところでは、厳正なる国王陛下ともバチバチの真剣勝負を演じてらっしゃる。

時々、王妃陛下に隠れて、国王陛下と茶飲み友達として癒し、癒されるご関係だ。

帰邸すれば、亡きお母さまのレシピ、胃痛に効くハーブティーの愛飲者でもある。

そして、いつも愛情深く私を抱きしめてくれてきた。

10代前半には嫌がってごめんなさい。

「Aプランだな、ヨシッ！　エリー。国のために今までよく尽くしてくれた。

これだけの証拠と整った書類があれば、向こうの有責で婚約解消はもぎ取れる。悪役だと？　降板だ、降板。ふ・ざ・け・る・な、だ。たっぷりと寄附をした。口座にも送金済みだ。ゆっくり骨休めしてくるといい。元々無理があったんだ。〝あの〟国王陛下の役割をお前が、私の役割を〝アレ〟が務めるとは。王妃陛下の完全な配役ミスだ。後始末（という名の責任追及）はしておく。ふふふふふ……」

「お父さま。不敬が入っていますわよ。口は禍《わざわい》の元。私、早馬でまいりますわね」

「襲歩《ギャロップ》で振り落とされないように。〝アレ（＝殿下）〟も〝アレ（＝男爵令嬢）〟が出てくるまでは、まだまともだったんだが……。人は筋書通りにはいかないものだ」

「仕方ありません。これでお目が覚めれば幸《さいわ》い。メアリー様なら悪役ノリで、ソフィア様なら手のひら転がしですわ。後顧《こうこ》の憂《うれ》いはございません。

お名残惜しいですが、一分一秒を争いますの」

「ああ。王妃陛下のお目付け侍女達は買い物に出した。大人気のケーキを並んで買ってくるだろう。囮《おとり》は逆方向に先発し、ウチの〝影〟と馬は出動準備完了だ。荷物はまとめた。身分証はこれだ。〝鳩〟は飛ばした。国境を越えれば迎えがいる段取りだ」

「ありがとうございます、お父さま。そうですわ。殿下に避けられていた間に、建言をまとめたノート、そちらに移しておきました。ご自由にどうぞ」

お父さまの書棚1列にずらりと並んでいるノートとファイルを指し示す。地方別、ランク別に分けた、陳情書や問題への提言をまとめておいた。

王妃教育とか、男爵令嬢とか、いろいろ、もろもろ、嫌なことを考えるよりは、と、国事に没頭していた私の時間——

これから取り戻します。

「エリーの献策だ。目を通しておくよ。ありがとう。気をつけて行くんだよ」

「はい、お父さま。愛してますわ。幸いが共にありますように」

「エリー、私も愛してるよ。お前の行く手を太陽と月が照らし、星が護るように」

「お父さま、大好き。行ってまいります」

家族の温かさをしっかり胸に刻み、王都邸の裏門から騎馬で出立する。

ラッセル公爵家の〝影〟も付いている。まずは安心だ。

市街地は目立たずに進み、王都を出てから本気走りする。

目指すは安全圏。

さあ、これから新天地へ〝大移動〟だ。

◇◆◇◆◇

王宮、王妃執務室――

「……もう一度言いなさい」

「ですから、リーザは、エリザベスは、私との婚約を、ラッセル公爵を通して解消すると、学園からいなくなって、探しても、いなくて……。公爵邸に行っても、門前払いで……。『会わせて』って言い続けたら、公爵が出てきて、リーザはここにはいないと……」

「ふううううううう……」

経緯を聞いた王妃は、深く長いため息をつく。

先んじて、王家の〝影〟から、エリザベスを学園内で見失ったとの報告もあった。

「母上……。リーザはイジメなんかやってません、よね？」

まだ婚約者への信と不信の間でふらふらと。我が息子ながら情けない。

「私への報告書には一切なし。第一、そんな非効率なことを、エリザベスはしないわ。もっとエレガントな方法で〝除去〟するでしょう。そういう風に育てたの」

「やっぱり……」

「そうそう。あの男爵令嬢、〝乙女〟ではなかったわ。いくら愛妾《あいしょう》でも、あなたは誰の胤《たね》かわからない子を、その腕に抱く気？」

「ぼ、僕はそんなコトしてません！　彼女は友人です！」

「その〝友人〟とやらの定義を知りたいものね。あなたの側近達も二人は逮捕し、全員取り調べます。こうも簡単にハニートラップに引っかかるなんて。恥を知りなさい」

王妃は、シャンド男爵令嬢と、王太子側近の中で彼女と関係を持った副騎士団長子息、新興商会を営む子爵家子息、３名の逮捕、側近達の拘禁を近衛騎士団に命じる。

その間も、〝影〟や王都警備隊からエリザベス発見の報は入ってこない。

「全く、なんてこと……。獅子《しし》は我が子を千尋《せんじん》の谷に落とすとかいうのを、亡き公爵夫人の分も、ってやりすぎたかしら。励ましが足りなかったかしら。私の意図が伝わってなかったのかしら。あと、たった２週間だったのに……」

〝たった２週間〟と〝２週間も〟の間に理解し合えない谷があることを、王妃はまだ知らない。

頭を抱え小声でつぶやいていたが、不意に顔を上げ、机の前に立ち尽くす王太子に微笑みかける。

「アルトゥール。探せるものなら探してらっしゃい？」

「え？」

「え？　ではなく。エリザベスは10年に１人、出るか出ないかの逸材《いつざい》。あんなに才能があって、努力するだけ身について、そしてあなたを大好きな子は本当にいないのよ？　その希少性は理解してたでしょう？

私は繰り返し言ってました。『エリザベスはえがたい伴侶《はんりょ》で、すばらしい王妃になる』と。エリザベスを探すか、代わりになる子を、探せるものなら探してらっしゃい？」

「……母上こそ！　どうして教えてくれなかったんですか？　あんな役割をさせて！　リーザに口止めまでして！」

「大声を出さないで。聞こえてます。確かにエリザベスには、『話してはいけません』と言いました。でも、『答えてはいけません』とは言ってません。それに、この案件であなたから私に尋ねたかしら？　あなたとエリザベスの教育は、主に私が監督してたのに？」

「……」

王子が握り込む両手は、爪が食い込み血が滲《にじ》む。

「アルトゥール。あなたはエリザベスに尋ねましたか？　入学後、ほぼ終えていた王妃教育の座学が急に厳しくなり、昼休みや放課後、逢えなくなった理由を。髪型やお化粧、表情や話し方まで変えた理由を。マナーや校則違反者に、注意や勧告を始めた理由を。

帝王教育に従い、きちんと調べて尋ねましたか？　シャンド男爵令嬢のイジメぐらいじゃなかったかしら？　それもいい加減な調査を元にした……」

王妃は執務室の机に積まれた報告書の束を指先でパラパラめくる。そこにはエリザベスと王子の日常がくまなく記録されていた。

「そ、それは……」

「……ふうぅぅ。私もエリザベスの能力を過信して、負荷をかけすぎたわ。ラッセル公爵、いえ、宰相にはお詫《わ》びしないと……。宰相がどれほどの思いで、何物にも代えがたいエリザベスを、あなたの婚約者にしたか理解しているの？　ああ、陛下にはこの手紙を。馬車の用意を。紋章がないものをね。宰相邸へ先触れを出して。アルトゥール。あなたはここで、エリザベスと自分についての報告書をきちんと読むといいわ。ラッセル公爵家への訪問は今は許しません」

王妃は次々に指示を出すと、身だしなみを整え馬車に乗り込んだ。

◇◆◇◆◇

【ラッセル公爵視点】

王妃が押しかけてきた。

親子そろってご苦労なことだ。

息子と違い、先触れがあるだけマシか。

目立たないよう、王家の紋章なしの馬車だ。

それでも、「はい、どうぞ」と通すはずもない。

エリザベスの時間稼ぎもある。

使用人達も探しているが、余裕はあればあるほどいい。

30分後——

王妃のみをサロンに通す。

何も出さないか、水でいいかと思うものの、付け入る隙は与えたくない。一応お茶を出す。

今は亡き最愛の妻・アンジェラのレシピによる、リラックス効果のある来客用ハーブティーだ。

死の間際《まぎわ》、看病していた時、このハーブティーを望まれ、使用人を真夜中に起こすのも気が引けて厨房《ちゅうぼう》に出入りしていた。

給仕の真似事をしながら、状況説明だ。

「娘はここにはおりません。家探《やさが》しなさりたければどうぞ。私どもでも行方を探しておりますが、いまだ発見に至らず……。どこにいるのやら。このところ不安定でしたし、全校生徒の前で冤罪《えんざい》による晒《さら》し者。よほどショックだったのでしょう」

『帰ってきたが出てったよ。あんたのバカ息子のせいでね』という意味は、さすがに伝わるか。

表情を消した声は冷たく低めのトーンで、まるで〝氷の補佐官〟と呼ばれた昔のようだ。

カップを置きながら、ちくりと刺す。

「使用人達も娘を探すため出払っています。ご容赦《ようしゃ》ください。お茶は同じポットです。カップをお疑いなら交換しますが？」

「いえ、こんな時にありがとう」

「……」

『毒見は絶対無理』は、すんなり受け入れたか。それもお礼付きだ。

王妃の貴族的微笑の口角が、いつもよりわずかに上がる。亡き妻アンジェラのレシピのハーブティーのためだろう。門外不出で我が家でしか飲めない。

歓待しているわけではない。私はこれしか入れられない。紅茶を選べば激渋か激薄だろう。

エリザベスが初めて入れてくれた時のように——

今ごろどこまで行ったやら。王都の門を無事に通過していればいいが、と貴族的微笑の下で心配していると、いきなり呼びかけられる。

「ラッセル宰相。いえ公爵閣下。エリザベスのことは、本当に申し訳な……」

「王妃陛下、臣下に謝ってはなりません。謝っていただいても、娘が、娘の時間が、戻るわけでもありません」

謝らせてたまるものか――

娘のやる気も、時間も、幸せな学生生活も、どれだけ搾取《さくしゅ》したのか。この元凶が。

謝罪を受け入れ楽になぞするものか。

王妃はハッとし苦しそうな表情を浮かべ、また黙り込む。

「…………アルトゥールには、責任を取らせます。調査次第では廃嫡《はいちゃく》も」

お前ではなくあのバカに責任を取らせるのか？　まずはお前だろうが！

方針転換とやらも、自由を削り取った詰め込み教育も、私の抗議を却下してお前が指示したんだろうが！

「唯一のご実子、王太子であらせられる。冷静にお考えください。ただ婚約解消は早急に願います。メアリー嬢かソフィア嬢とのお話を進めた方がよろしいかと」

食い気味に答えて叩《たた》き落とす。廃嫡だと？　それで、ごめんなさい、か？

これ以上の混乱はただただ面倒くさい。私の時間まで削る気か!?

何より「賢妃である王妃陛下のご深慮に逆らい、それくらいの我慢もできないなんて」と、王妃派の貴族からエリーの我儘《わがまま》にされかねない。

もう二度と、悪役呼ばわりさせてたまるか。

幸い国王陛下は無駄に健康だ。あのバカが王位を継ぐまで帝王教育をやり直す時間はある。

そっちを選べ。

ただし婚約解消は絶対に早期決着だ。

穏健派のソフィア嬢、改革派のメアリー嬢に別口の申し込みがある前にしなければ。

すでに内定しているが、正式な決定が必要だ。

「エリザベスあってのアルトゥールです。あの子は独りで政《まつりごと》ができる器ではありません」

いつまであのバカの引立て役をさせる気だ？　死ぬまでか？

子供が生まれたら、賢母ならぬ、愚母、悪母と呼ばせる気か？

「ほほう……。では、鉄を熱いうちに打ち、器へと鍛え上げればよろしいでしょう。幸い国王陛下はご壮健。これから10年間、アルトゥール殿下に娘並みの課題を与え、負荷をかければいかがかと」

ここは譲れない。廃嫡ルートを潰《つぶ》すためにも。

エリーは臣下というだけで、未来の王妃というだけで、弱音《よわね》を吐きたくても吐けず、あそこまでやった。

あのバカにも同じだけやってもらおう。

厳しすぎる王妃教育のおかげで人並み以上の体力だが、それでも成人男子には劣る。

その娘がやったんだ。鍛えろよ！

「きゃ～、アルトゥールさまぁ」なんて令嬢達の歓声を浴び、〝お優しい〟愛嬌《あいきょう》を振り撒《ま》くために好きな棒振りをさせる時間があるなら、身体だけではなく、頭を、心を鍛えろ！

「……各々の技量というものがございます。アルトゥールは愚息《ぐそく》、エリザベスにはアンジェラ様譲りの才知がございます」

亡き妻の名前を出され、貴族的微笑を保っていた頬がわずかに引きつる。

よくもその名を口にしたな。

今、ここで、アンジェラの名を出すとは。

この〝心酔者〟め！

婚約者候補選定の最初から機会があるたび、あれほど念を押したのに、世間で言うところの〝アンジェラ沼〟から足を洗ってなかったのか⁉

アンジェラは隣りの帝国の公爵令嬢で、非常に美しく聡明だった。

ただ〝天使効果〟由来のトラブルが絶えなかった。その美貌と優しさに、男女を問わず多くの〝心酔者〟がつきまとう事象を、私はそう呼称した。

この〝天使効果〟を持てあました公爵家が外交日程の随行員に突っ込み、ぽいっとよこした。

我が国で良い相手が見つかれば好都合。

見つからなかったときは、寄附金どっさり付けるから、すてきな修道院を紹介してくださいね、という意図が丸見えだった。

我が国と帝国では国力が違う。

厄介者《やっかい》を押し付けられて、と思っていた自分が一目惚《ひとめぼ》れだ。

〝氷の補佐官〟とか呼ばれていたのに、一瞬で溶けた。

それだけの存在だった。

信じられないことに、アンジェラも好きになってくれた。

〝天使効果〟に囚《とら》われず、自分を前にしての〝普通〟の態度がどれだけありがたかったか、と
後日、涙と共に打ち明けてくれた時――

心中で〝聖歌《ハレルヤ》〟が鳴り響いていた。

〝天使効果〟により群がる〝心酔者〟達へ向ける嫌悪と侮蔑の目に気づき、また外交団歓迎パーティーの進行のため、表面上〝氷の補佐官〟を必死で保った。

そして親や周囲に耳を貸さずに婚約しておらず、アンジェラが来る前に、当時の王太子、今の国王陛下が現王妃と婚約済みだったことは史上最高の幸運だった。

〝氷の補佐官〟としてあちこち調整しアンジェラを無事に手に入れた。

自分由来のトラブルにアンジェラは傷つき悩んでいたため、社交は私が付き添える最低限にとどめた。トラブルは未然防止を心がけた。おかげで我が家の〝影〟は鍛えられた。王家より

も優秀だ。

「それは買いかぶりで事実誤認です。学園1年生後半の方針転換のあと、娘の負担はいかばかりだったか。臣下とはいえ、王命とはいえ……。王妃陛下、あなたご自身でこなせる質と量でしたかな」

「エリザベスを見込んでのことです。閣下とアンジェラ様のお子様ですもの」

アンジェラは関係ない、と試したが〝アンジェラ沼〟に釘《くぎ》だった。

エリザベスの容貌は髪と瞳の色以外、母親似だ。

しかしアンジェラは天才、エリザベスは秀才だ。〝心酔者〟を引き寄せる〝天使効果〟もおそらくは持っていない。

王妃教育の絶対条件は『アンジェラの名を出さず比較しないこと』だった。

王妃が重度の〝心酔者〟だったためだ。

なにせ王太子の婚約者を譲り、アンジェラ王妃の侍女になりたいと、ほざいたほどだった。

未然に防止、即行で潰したコイツ絡みのトラブルの種がいくつあったことか——

「勝手に見込まれても、アンジェラと同一視されても、娘も私も困ります。アンジェラはアンジェラ。エリザベスはエリザベス。妻への思い入れを娘に転嫁するのは、いいかげんにやめていただきたい。約定《やくじょう》を忘れられたか？」

「お名前は決して出してはいません。でもアンジェラ様がすばらしいからこそ、あなたも伴侶に選ばれたのでしょう？　初顔合わせではあなたもそっくりだとおっしゃり、目頭《めがしら》を押さえていたではないですか」

思い出だけでうっとりする口調は本当に恐ろしい。背中がぞくりと怖気立《おぞけだ》つ。

「えぇ、すばらしい妻で、すばらしい娘です。ただし二人はまったくの別人。4歳の話を今さら持ち出されても困ります」

出産後、身体を痛めたアンジェラは一人娘のエリザベスを愛してやまず、天に召されるまで私に「お願い、頼みます」と繰り返し言っていた。

遺言書の多くの部分にも書き残していた。どれだけ心残りだったろう。

喪《も》が明けた直後、王家からぜひに、と招待された子どものためのお茶会——

王子との初顔合わせの時、天使のようにかわいかったエリザベスにアルトゥール王子が白詰草の指輪で求婚したのだ。

「すばらしいわ」と息子を褒《ほ》めていた王妃を思い出す。

よくも仕込みやがったな。

「当時から光るものがあったのです。そして磨けば磨くほど才色兼備で、アンジェラ様に瓜《うり》ふた……」

「何度も言いますが妻を引き合いに出して、勝手な理想を娘に押し付けないでいただきたい。王妃教育は私が抗議しても娘が受け入れ、仕方なく、と見守ったのが、大きな過《あやま》ち。反対を貫くべきでした。第一、娘に国王陛下の役割は無茶です。あの威厳。歩く法律全書、王国の権威の象徴。無理な理想に追い立てられ、挙げ句の果てがこの始末。

娘を自由にしてください。天上でアンジェラがさぞや嘆いていることでしょう。なぜ裏切ったのか、と。見舞いに来たあなたの手を取り、『娘を悲しませないでくださいね』とお願いし手紙でやりとりもしましたよね？」

王妃で自分の〝心酔者〟。

髪と瞳の色以外、自分にそっくりな我が子の未来を憂えた天才的な先見の明だった。

「えぇ、ですから私が母代わりに、何があっても悲しまないようにと、心身を鍛えて差し上げて……」

「〝悲しませない〟と〝悲しまない〟は、天と地ほども違うでしょう」

「……」

王妃の表情が〝無〟に堕《お》ちる。

それでも反転攻勢を狙ってか、『沈黙は金』を一時的に選んだようだ。

私は静寂の中、冷めてもおいしいハーブティーを味わっていると、使いに出ていた執事長が帰ってきた。

「旦那様、これを……」

「うむ」

手紙の封を切ると待望の――

「王妃陛下。国王陛下が婚約解消に同意してくださいました」

「え⁉　嘘？　嘘でしょ⁉　なんてことを⁉」

「国王陛下と王太子殿下、私とエリザベスのサインがあり、王印が押されている。ご夫君の決断力を見誤られましたな」

愛娘《まなむすめ》の失踪《しっそう》による心労で宰相辞任か、1ヶ月の出仕拒否をちらつかせた。

統治の混乱よりも、婚約者の変更と王太子の鍛え直しを選ぶのは真っ当すぎる政治判断だ。

「お帰りはあちらです。どうぞ」

迎え（＝回収）に来た近衛騎士に支えられ、王妃は馬車に乗る。

「王妃陛下。ソフィア嬢もメアリー嬢もそれぞれ異なる長所があります。あなたの目を曇らせる要素もない。今度こそ〝賢妃〟として次世代をお育てください」

王宮へ帰還する王妃を臣下の礼をとり見送る。

馬車が正門を出たところで、執事長と笑顔で拳《こぶし》と拳を突き合わせ邸内へ入っていった。

◇◆◇◆◇

「ハーーハッハッハッハッハッハッ……」

ラッセル公爵邸、執務室――

執事長を前に公爵の高笑いが止まらない。

「旦那様。そろそろ次のご報告を聞いていただきたく……」

「ああ、すまんな。バカ（＝王子）の処分が決まったのだ。勝ちすぎてもいかん。絶妙な落としどころだ」

愛娘の苦しさを思い知るがいい――

公爵は次なる言葉に耳を傾けていた。

◇◆◇◆◇

あの日、アルトゥール王太子は国王に執務室へと呼び出され、婚約解消の書類にサインさせられた。

「お前の自業自得《じごうじとく》だ。ほれ、これが回収した懐中時計だ。逮捕された子爵家の息子がペラペラと喋《しゃべ》ったぞ。シャンド男爵令嬢がお前の隙を見て盗み出し、密会のベッドの中で嘲笑《あざわら》っていたそうだ。これを音読してみよ」

侍従から渡された書類を持つ手がブルブルと震える。同調するように声も小さくとぎれとぎれだ。

国王は決して許さず腹からの発声を何度も要求し、はっきりと朗読させる。

「一緒にいないのに意味ないわよね～。何が『離れても同じ時間を刻んでる』よ。ばっかみたい。こうしてぴた～っと一緒にいなきゃ盗られちゃうし～。ね～、このピンクダイヤモンドってすっご～くお高いんでしょ？　エメラルドもすごそう。売り飛ばして現金に換えましょうよ。それとも指輪とかにリメイクがいいかな～。石を剥ぎ取られた時計と指輪。あの女に見せたらどんな顔するんだろ～。王子様だってなくなったのに気づかないわよ～。だってネジさえ巻いてないのよ？　見て、もう止まってるわ。キャハハハハ～、です……」

心がえぐられ涙と鼻水が止まらない。

取り出したハンカチも、エリザベスが白詰草の花文字でイニシャルを刺してくれていた。

男爵令嬢が自分の前で見せた愛らしさも、庇護《ひご》欲をそそるような存在自体が虚飾、虚偽だった。

いっときの快楽を愛と勘違いし最後の行為さえしなければ清い関係で、これも王太子ゆえの辛《つら》い恋だと思っていた。

そこにエリザベスのイジメの証拠や証言を報告された。

シャンド男爵令嬢を王妃にする気はなかった。さすがに無理なことはわかっている。

このイジメ行為でエリザベスの弱味を握り、男爵令嬢を側室か、せめて愛妾にして愛情を注《そそ》ぐ気でいたのだ。

どこまで愚かだったのか――

「この調書の発言と〝影〟からの報告はほぼ一致している。この後、子爵家が経営する質屋『ピオネー』に高価買取され、ウィンドウに看板商品として置かれた。客層が違うからお前達が来るはずはない。婚約破棄するなら遅かれ早かれ一緒だ、とな。店長と子爵は知らなかったと供述している」

「……リーザの、言う、とおり、だったんだ」

王子は懐中時計を侍従から渡される。確かに時計の針が止まったままだ。

幾人の汚らわしい手が触れたのか――

それを考えただけでもエリザベスに申し訳なさが募る。

「その懐中時計は、シャンド男爵令嬢と懇意な人物の関係者が経営する質屋にあった。それがエリザベスが、いや、ラッセル公爵令嬢が婚約解消を決意した原因だ、と宰相からの手紙にあった。心が折れた、とな。無理もなかろう。諦めろ。たとえ〝悪役〟を務めてなくとも、お前が男爵令嬢と最後の一線〝だけ〟は越えてなくとも、これだけの仕打ちをしたんだ。お前も逆の立場になれば、これからの長い年月、伴侶として、国政の重きを共に背負い歩んでいけるか？」

「……申し訳、ありません」

「では、速やかにその書類にサインせよ」

アルトゥールは震える右手に左手を添え、婚約解消の書類に署名する。

侍従が受け取り国王に捧げる。国王は控えていた別の侍従に書類を渡し指示を与えていた。

「婚約解消はひとまずこれでよし。賠償金の交渉は儂《わし》と宰相で行う。お前はまず現実を受け止めよ。シャンド男爵令嬢本人と、彼女と肉体関係があった子爵家の息子と副騎士団長の息子。この3名の供述書を先ほどと同じように担当官の前ですべて朗読せよ。もう2名の側近の分もだ。王太子補佐官の伯爵子息、外務大臣の侯爵家の次男か。この者らは2名のみで状況を検討。一時的に恋の病《やまい》に罹《かか》ったようなもので瀬踏《せぶ》みの諫言《かんげん》をしても聞かず、かえってのめり込みそうになったため静観していた、との供述だ。王妃には報告していた。ああ、3名とお前の肉体関係は疑惑止まり。懐中時計についてはまったく気づいていない。国政を補佐するにはちと不安だが、鍛え直せばまだ間に合うだろう」

シャンド男爵令嬢と４名の側近達の供述書を朗読しなければならない。これだけでげっそりする。

信頼していた者達に裏切られ、もしくは突き放され心が壊れそうだが自業自得だ。

それだけのことをしたのだ。

王太子の所有物の窃盗と転売、主人の恋人との肉体関係だ。無事にすむはずもない。

「……わ、わかりました。ちちう、いえ、国王陛下。男爵令嬢と側近達の処分は？」

「男爵家、子爵家は取り潰し。当主には毒杯を与える。副団長は侯爵から子爵に降爵し、国境警備隊任務を命じる。あれは忠義者。自決しようとしたが団長が諭《さと》したそうな。まだ使い道があるゆえな。令嬢と子息達は喉を潰し指を落とし、両手両足首に重りを付けて鉱山での強制労働だ。これ以上、王家の醜聞を喋り散らかされ万一何か書かれても困る。子息二人は去勢、令嬢は強制労働者達の〝夜の世話係〟もだ」

想像するだけで死んだほうがマシだと思える処分だった。父の怒りの大きさがわかる。

さらに〝夜の世話係〟――

これがどういう意味かは、アルトゥールも理解していた。ボロボロに使い潰されるだろう。

〝真実の愛〟と思っていた相手の行きつく先に、なぜか同情も哀《あわ》れみも湧かなかった。

「……国王陛下、わかりました」

「言い忘れた。指と喉の処理は元副団長が行う。本人のたっての願いだ。息子の責任は自分が取るとな。もちろん専門家も付ける。去勢は素人では難しい。残りの側近達とお前も見学せよ」

「かしこまり、ました……」

残酷すぎる命令に吐き気を催《もよお》しそうだが耐えるしかない。王命なのだ。従うしかない。

「またお前は廃嫡はせず王子の位《くらい》に戻す。側近2名と共に半年間騎士団に所属させ、しごきにしごく。手心《てごころ》、斟酌《しんしゃく》は一切無用と伝えておる。違反した場合は首が飛ぶ、とな。地獄を見た上で側近達は補佐官見習いからだ。ここでも鍛える。一旦《いったん》貴族籍を抜き、戻れるかは働き次第だ。お前は帝王教育のやり直しだ。講師は儂が選ぶ。エリザベスの質と量以上だ。この座は血みどろの中にある。国の明暗、どちらも背負う。共に歩む者達もだ。覚悟しておけ」

国王はどっしりとした椅子の肘掛けをポンポンと叩く。

王子に向ける眼差《まなざ》しは冷たかった。

「ありがとう、ございます……。国王陛下。私はくださった機会をむだにせぬよう懸命に努力いたします。

ただ国王陛下もご壮健。弟か妹を作ってくださることをご一考していただきたく……」

「腰が引けたか？　もう逃げるのか？」

「違います！　国事を代行できる、エリザベス、いえラッセル公爵令嬢もいなくなりました。危機管理というか私にもし何かあった場合、備えが必要かと思い……」

国王はここで人払いを命じ王子をごく側に呼び寄せる。

「アルトゥール。儂は、非常に子どもができにくいのだ」

「!?!?」

己の秘密を、小さくもはっきりとした声で息子に伝える。王子は驚き目を見張る。

そして浮かんだ疑いはすぐに打ち消された。

「お前が生まれたのは奇跡だ。王妃の不貞の可能性は一切ない。〝影〟の調査だ。何よりアルトゥール、お前の容貌は若い時の儂に似ているところが多々ある。王妃も二人目を望んだが叶《かな》わず、側室を設けての政治的混乱もできれば避けたかった。それから出産経験のある未亡人に貞節を守らせた上で、秘密裡に幾人とも試した。生まれた子は王妃に妊娠を装わせ、実の子とする予定だった。だが、ダメじゃった。儂に賭けるよりも、お前とエリザベスに期待したほうが可能性がより高い。特にエリザベスの母は他国の公爵令嬢。血が遠い。そのほうが子は生まれやすくなるそうだ」

父親である国王の告白と事情は生々しくも切実で、だが関係者の人間性をどこかに置いてきたような冷酷さもあった。

帝王教育で学んだことを思い出す。王権と血脈、政治的勢力についてだ。

「……そうだったの、ですか」

「お前のその提言は宰相と改めて検討してみよう。

だがこの年代でも出産の事例は聞く。王妃とも再開する。仮に未亡人が出産すれば格上げし愛妾としよう。側室よりも権限は小さい。子どもは王妃の養子とする。

取り入れるとすればこの案だ」

「はっ、ありがとうございます」

自分の案が採用されたがどこか複雑だ。

一方、国王の言葉は続く。

「それもあって儂は王妃に甘かった。儂も同罪だ。宰相の諫言も退けてきた。エリザベスが受け入れているなら、となる。儂から見ても、才も実力も、国王と国家への忠誠心も充分だった。愛しているお前が卒業後に身を正し支えていれば、可能だったかもしれぬ。

まさか、その、懐中時計を、あのように扱うとは……。哀れで、痛ましくてならぬ……」

国王の私的な悲哀を握り潰すような声は、かえってエリザベスへの詫びを醸《かも》し出している。

これには返す言葉もなく、王子は渡された懐中時計を胸のポケットごと握り謝るしかない。

「……申し訳、ありま、せん」

「それと王妃については宰相が調べ上げておった。儂も知らなんだ。俗に言う〝王妃派〟は、亡きラッセル公爵夫人アンジェラ殿の〝心酔者〟達の集まりだったそうだ。アンジェラ殿や忘れ形見《がたみ》のエリザベスについて鑑賞し語り尽くす。たとえば二人を題材に肖像画や文学作品を創作させる。または好む音楽を奏で鑑賞するように、二人の嗜好《しこう》、わかっているすべてを経験しすばらしさを語り合う。そのような集まりだったたと」

「それは、我が妻、我が母ながら……」

二人は我が妻、我が母ながら、という表情だ。

国王は大きなため息をついた後、言葉を続ける。

「ふう……。宰相が激怒し証拠品は押収すると、手紙でもわかるほど息巻いておる。隠し部屋にかなりの品がある、との報告だ。王妃の前で一つひとつ処分していくそうな。王妃自身にさせる場合もあり得る、との要求だ。『不敬に問わぬ』と一筆も書かされた。彼奴《あやつ》の〝氷の補佐官〟の本性は変わっておらん。今回は好きにさせる。それが王妃には最も辛かろう。今でも儂よりもアンジェラ殿を愛しているゆえな。いや、これを愛と言えるかはわからぬが……」

「父上……」

その複雑な心境に王子は思わず〝父〟と呼んでいた。

国王は気持ちを切り替えたか、次なる命令に冷静さを取り戻す。

「アルトゥール。お前はソフィア嬢とメアリー嬢と信頼関係を構築していくように。二人は薔《ば》薇《ら》妃、百合《ゆり》妃と呼称する予定だ。どちらも正室たる王妃。第一、第二と数字をつけるとそれだけで序列を争う。宰相の建言じゃ。誠に優れておる。穏健派と改革派のバランスもとれる。二人は可能な限り平等に遇《ぐう》する。お前も血筋を絶やさぬよう励め」

王子にとっては青天《せいてん》の霹靂《へきれき》だ。

「そ、それは！　誠《まこと》ですか⁉」

「ああ。王妃には秘密だったが、二人は別の講師により基礎的な王妃教育は済んでいる。元々エリザベスとの成婚後、側室となる予定だった。生まれた子は全てエリザベスの養子とし養育する。ラッセル公爵家は中立派。エリザベスも了承していた」

「……ぼ、私は、聞いては、おりません！」

「先ほどの話を聞いても不服か？」

「……」

思わず反発するが、国王の覚悟を聞けば何も言えない。

「ゆえに半年間の騎士団での地獄の訓練後に簡易な成婚式を執《と》り行う。

王太子の身分に戻った場合、正式な結婚式を三人で行う。

王太子、国王と進み王族の重責を全《まっと》うするか、種馬となるかはお前の帝王教育の結果次第だ。どちらも励むように」

「承知、いたし、ました……」

国王の厳然たる声と表情にアルトゥールは了承の言葉を返すしかない。

『大好きなリーザ。二人で、民のためにいい国を作っていこう』

『私も大好き。ルティのために、一生懸命がんばる』

6歳で婚約を結んだ時にエリザベスと言い交《か》わした言葉が、ふと、どこからか聞こえたような気がした。

◇◆◇◆◇

駆けた、食べた、眠った――

この繰り返しで私は国境に到着し、帝国へ入国した。迎えと合流後は、目的地への馬車と宿でひたすら疲労回復を図り、移動中の睡眠の合間にレクチャーを受ける。

「私がお母さまの領地と爵位を継承していただなんて知らなかった。お父さまの情報管理、徹底してるわ」

帝国での私の名前は、エリザベート・エヴルー女伯爵。

正式な叙爵《じょしゃく》には皇帝陛下の謁見《えっけん》が必要だ。

とりあえず名乗りは今までどおりエリザベス・ラッセルとし、呼び名は目立たないエリーに統一する。

お父さまからの〝鳩〟で、婚約解消は殿下の有責、賠償金ありで正式決着したと知らされた。

晴れて自由の身だ。失踪による不在は傷心《しょうしん》による不調で、母方の帝国で療養との建前だ。

領地は帝都から早起きして日帰りできる豊かな田園地帯で、主な産業は農業と牧畜だ。

お母さまが土地を寄進した大規模な修道院がある。


これが私の新天地——

とにかく快適に過ごす健康な生活を夢見た〝大移動〟だった。

最後の宿で合流した侍女にお願いし、騎行で荒れた肌と髪を念入りにお手入れしてもらう。

貴族女性の防具、緑の瞳に合わせた上品なデイドレスと宝飾品を身につける。

新しい女主人は婚約解消に傷つき逃げてきたなどと侮《あなど》られたくなかった。

領地邸《カントリーハウス》の人員構成も記憶済みだ。

「お帰りなさいませ、ご主人様」

備えた価値はあったと思う出迎えと応対だった。まずは執務室で使用人達とあいさつし簡易な面談、夕食と入浴、就寝準備まで順調にこなす。

「ごゆっくりおやすみなさいませ」

王妃教育で鍛えられた意地で保ったのは、残念ながらここまでで――

国境までの無理が祟《たた》り翌日から1週間、私は寝込んだ。

◇◆◇◆◇

○月○日

お母さまから相続していた領地に着いた。使用人達と少々話す。皆、誠実そうだ。帝国共通語も通じて安心。王妃教育に感謝だ。

おいしい食事、心地よい入浴、ふかふかベッド。ようやくほっとできる。私の新しいすみか。

緊張がほぐれたのか、とにかく眠たい。

お父さま、お母さま、おやすみなさい。

○月△日

到着翌日、起床できなかった。医師の診断は過労。心当たりがありすぎる。しばしの安静を命じられる。療養は1週間、夢の食っちゃ寝生活。

に、慣れておらずベッドで収支報告書を確認中に、専属侍女兼侍女長のマーサに発見され没収される。

「療養が今のご主人様のお仕事です」

王妃教育の過酷さに慣れた身には新鮮で、温かい思いやりが心に染みる。

なぜか涙が止まらない。戸惑っているうちに眠っていた。

○月□日

久しぶりに寝覚めのいい朝。

無理な長距離移動の影響で身体に痛みは残るが、気分はすっきりだ。

朝食もおいしい。

腹ごなしに頼むと、代官兼、家令のアーサーが屋敷と庭を案内してくれる。

こぢんまりした別邸という印象で、丁寧《ていねい》に手入れされ清潔だ。

母方のご先祖達の肖像画が数枚あった。銀髪と青い瞳は一族の特徴らしい。お母さまの肖像画はなかった。ラッセル公爵家の王都邸にもなかったので残念だ。

庭園では庭師も加わる。好々爺《こうこうや》だ。数年ぶりに花を純粋に楽しむ。王妃陛下監督の王妃教育の一環で行ったお茶会では、話題に備え花言葉は当然で、花ごとの開花の把握、招待客の好みの記憶などに終始していた。

そういえば殿下からの花束はあった。と、過去過去過去。即、消去する。

庭にはハーブの区画があり、お母さまが植えて使っていたと庭師が教えてくれる。没後もラッセル公爵邸のハーブ園にないものは、お父さまの依頼で送ってくれていた。意外な繋《つな》がりがとても嬉しい。

ローズマリーの香りが懐かしいと話すと、「親子でお好みが一緒ですな」と形よく切ってくれた。

部屋に活《い》けると空気が浄化されるようで心地よい。

お母さまはハーブについて栽培方法や効能などを研究し、記録をいろいろ残していた。この屋敷の図書室と修道院の図書館にもあると聞く。

修道院にはあいさつがてら、そろそろ行ったほうがいい。

家令のアーサーと打ち合わせさっそく手紙を記す。今から楽しみだ。

○月◇日

身体の痛みも取れた。

馬で領内を見回りたいと話すと、家令のアーサーが戸惑う。落ち着いた礼儀正しいふだんとは異なり珍しい。馬車を勧められるが農地の道には不向きだ。

『国境まで駆けた時の騎士服のボトムス、キュロットスカートもあるから心配しないで』と伝えても微妙な反応だ。

言い渋る雰囲気に「何でも話して」と伝えたが、「ご用意はマーサと共に」との返事だった。

アーサーは国境まで迎えに来てくれた一人だ。レクチャー役でもあり、誠意ある言動に信頼を構築中だ。首を傾《かし》げざるを得ない。

マーサと明日の見回りの準備をする。地図や筆記道具を入れたバッグ、紺のくるぶし丈のキュロットスカートと白いブラウスに紺のジャケット、ブーツ、手袋、乗馬帽などをそろえる。

ここでマーサが「日差しよけに、つば広の帽子をご用意しましょう」と上品な白い帽子を出してきた。しかもたっぷりとしたヴェール付きだ。

これは危険だ。風に煽《あお》られれば頭部にまとわりつくしヴェールは視界を遮る。

今までにない懇願するようなマーサに、アーサーに近いものを感じる。

『不敬は問わない。あなた達が安全以上に馬車やこの帽子を適切と判断する理由を教えてほしい。この見回りは領民とのファーストコンタクトになりえる。失敗はしたくない』
こう伝えるとアーサーも同席の上、話してくれた。

母・アンジェラがここエヴルーの領主となったのは、〝天使効果〟による帝立学園内及び貴族的社交でのトラブルの結果だった。

ここまでは、お父さまが荷物に入れてくれていた分厚い報告書のような手紙で事情説明されていた。

ただトラブルは貴族との社交だけでなく領民とも起きた、とマーサは辛そうに話す。

お母さまを見かけた、会った、あいさつを交わしただけで、奉公したいと熱望する若者、〝心酔者〟が現れた。断ると無断侵入しようとし親元への厳重注意ですませたが、若者の婚約話は立ち消えとなった。

こういう事例が1件ではすまず、複数起きた。

そして帝都から流れてきた噂、『婚約者を奪う悪役令嬢』『色仕掛けが趣味』などと面白おかしく広める者もいた。

アーサーやマーサにはお母さまの〝天使効果〟が効かなかった。当時、実家のタンド公爵家により二人のように〝効かない〟者が選抜され、この領地邸に仕えていた。

この伯爵邸から私を迎えにきた人員に、〝天使効果〟による変化はなかった。

到着初日に使用人全員と念のため面談したのは〝天使効果〟の有無の確認だった。

〝大移動〟の末、辿り着いた安全圏の領地でトラブルは回避したい。

お母さまはこの風光明媚《ふうこうめいび》な領地を愛したが、王国での結婚後は、アーサー経由の手紙で住民代表とやりとりをした。

事務的だったがこまめにして、ある程度は信頼を回復したという。

「それでもアンジェラ様を覚えている者は、お顔立ちがよく似ているエリー様に失礼な物言いをするかもしれず、傷つけたくなかった」と二人は話してくれた。

特にマーサはお母さまの専属侍女でもあり、途中から目頭にハンカチを当てていた。

私は王国での経験と初日の面談で、自分には〝天使効果〟がない可能性が非常に高いと説明し対応策を伝える。

お母さまの顔を知らない世代の耕作地などを見回る。

明日は暫定的に、乗馬帽と目深《まぶか》にすっぽりかぶるバケットハットを重ね、視界が狭くなる分、馬をゆっくり歩行させる。当初の護衛2名にアーサーも加わる。

これらを提案すると二人は不安そうだが受け入れてくれた。

明日が楽しみだ。

〇日◎日
いよいよ領地見回りの日。

いい天気、見回り日和《びより》だ。

マーサと相談し、お母さまと異なる金髪はあえて背中に流す。

アーサーが選定したルートを辿る。

途中、働いている領民もいた。アーサーや護衛が呼んできた領民は『新しい領主様』に恐縮しきりだ。

そこで王妃教育の視察で培《つちか》った話術を駆使し、事前に調べた作物の生育過程も話題に織り込むと親しげな反応を見せてくれる。

出だしは上々だ。

アーサーも私の出自は言わず「新しい領主、エリー様だ」で通していた。

何人かと言葉を交わしルート上最後の畑だ。

作業する息子達に昼食を持ってきた母親と行き合う。

今まで同様に恐縮していたが、私をちらちらと見る眼差しが懐疑的だ。バケットハットも鼻筋や口元は隠せない。ただ目立たせた金髪のおかげで確定には至らなかったようだ。話題を切り上げさっさと移動した。

昼食はお願いしたピクニック方式だ。美しい水辺でシートを広げ、少し暑かった乗馬帽とバケットハットにジャケットも脱ぐ。風が心地よい。

馬達にも水をたっぷり飲ませ、にんじんや氷砂糖などを与える。無条件にかわいい。

恐縮するアーサーと護衛達と一緒に遅めの昼食を味わう。

青空の下でのピクニック――

近衛騎士団の野営訓練とは違う体験に特別な解放感だ。

食後、水辺で濡らし木にかけて風で冷やしたハーブティーを飲んでいると、童心がくすぐられる。

「人もいないし、ちょっとだけ」とアーサーと交渉する。

ブーツも脱ぎ火照《ほて》った足を冷やすのに、水辺に少しだけ踏み入る。

絵本で読んだ水遊びはできないが、ちゃぷちゃぷ歩いたり足踏みするだけで楽しい。

多少裾が濡れるがこの陽気だ、すぐに乾くだろう。

そこに子ども達数人がやってきた。

護衛とアーサーが反応するが手で制す。

子ども達は見かけない私を警戒する。そこでポケットから馬のご褒美《ほうび》の氷砂糖を出すと態度が変わる。甘味は庶民にはご馳走《ちそう》なのだ。

ただここは彼らの釣り場で、釣果《ちょうか》が夕食を左右すると話す。

「あっちならいいよ」と教えてくれた下流の石に座る。水深が浅く透明度も高い、安全な場所だ。足を少しばたつかせると水が跳ねて光る。美しくて楽しい。

鳥の声や水音、木々のざわめき、頬に当たる風、子ども達の楽しそうな声――

婚約以降、今までにない自由――

しばらく満喫していたら、聞き慣れない声がかかる。

「水遊びか？　楽しそうだ」

道から降りてきた男性は、私達同様、馬に水を飲ませ始めた。

護衛とアーサーに緊張が走る。かなり鍛えている身体だ。歳の頃は20歳前後か。

ざっくりとした白シャツに、黒のトラウザーズ、乗馬ブーツ、脱いで肩にかけた黒いジャケットなど、身につけている品物は良い。

黒短髪に青い瞳、背は高くきりっと涼やかな顔立ちで、身のこなしに隙はない。

右頬にうっすら傷痕がある。

おそらくは軍務に就《つ》いている貴族だろう。

無視するか応じるか迷うが、将来的に社交のどこで会うかわからない。

こちらが貴族か富裕層の市民かは、護衛とアーサーでバレバレだ。

きっと修道院目当てか、遠駆けにでも来たのだろう。ここは簡単にすませると決める。

「はい。暑かったので水辺で涼んでました」

「良い日和だしな。すまんが水を持っていたら分けてくれないか？　俺も喉が渇いた。あいにく連れとはぐれてしまった」

「わかりました。ハーブティーでよければ冷やしてます。少々お待ちください」

「ハーブティーか。薬くさいのはたまらんが、背に腹は代えられん」

その言いようにカチンとくるが、さっさと離脱するためだ。

〝はぐれた相手〟がお母さまの顔を知っていたら厄介だ。

水遊びを切り上げるとブーツを履き、冷やしていた水筒ごと渡す。

「どうぞ」

「感謝する」

ごくごくと喉を鳴らして飲み始める。

すると目を見開いて尋ねてきた。

「これはうまいな。今まで飲んだものとは違う」

「ブレンドのレシピによって味は変わります。お口に合って幸いでした。水筒は差し上げます。そろそろ行きましょう？」

帽子をかぶると、片付け終わったアーサーや護衛達と共にその場を立ち去る。

〝はぐれた相手〟とは行き合わずにほっとする。

昼食ピクニックにおまけも付いたが、総じて有意義で楽しかった。

こんな日々をこれからも過ごすために、帰邸後の執務室で見回りの成果をアーサーと討議する。

未来のために――

2章　悪役令嬢の祈り

修道院の院長様から表敬訪問について、返事が来たのは領内見回りの翌日だった。

3日後なら充分なお時間があると、美しい文字で綴《つづ》られた簡易な便箋《びんせん》からは淡くラベンダーが香り、歓迎の気持ちも伝わってくる。

アーサーは私の求めに応じ修道院の歴史や現在の状況を説明する。

「復習を兼ねてご説明します。修道院の正式名称は『天使の聖女修道院』。現在かなり特殊な形態をしています。元々は聖堂を中心にした女子修道院です。ここに先代アンジェラ様が、修道院に隣接したほぼ同じ広さの土地を寄進しました。

その時期は南部の国境地帯で大規模な紛争があり、安全な帝都を目指した避難民が街道を歩く姿が珍しくない状況でした」

その紛争は私の故国とではない。

王国とは離れた、帝国と緊張状態にある国とだった。

「そんな人々を哀れと思った院長様が助けの手を差し伸べました。『信仰の下、祈りと共に清《せい》貧《ひん》の暮らしを送れるのならおいでなさい』と、帝都への街道で説かれたのです。清貧や祈りという条件もありましたが、特に子どもの数は多く、シスター様を志願する女性もかなり増えました。予算も苦しい中、アンジェラ様が手を差し伸べられ、寄進した土地で収穫が得られるまで、まずは食べ物を寄附されました」

「お母さまは信仰に篤《あつ》い方だったのですね」

「ラッセル公爵閣下が仰るところの〝天使効果〟のために深くお悩みで、修道院の聖堂でお祈りをよく捧げていらっしゃいました」

「なるほど……。それで内情を知り、困ってらっしゃる修道院に寄進と寄附をなさったのね」

アーサーの説明によると、寄進された土地は食料を生産する畑となり、後日、鶏舎《けいしゃ》や乳牛の牧場も追加された。食料問題は解決されたが現金も必要となっていた。清貧な暮らしでも、孤児の増加による施設の増築、服や寝具は必須だ。

その相談を受けたお母さまとの話し合いで、『現金収入を得られるものを作ればいい』と結論が出た。

現在農地エリアの工房で、チーズやバター、焼き菓子などを作り、自家消費以外は帝都に出荷している。

他にもお母さまが研究されていたレシピを元に、ハーブティーなどを販売しているとのことだった。

「それで、修道院の図書館にもお母さまの記録が収蔵されているのね」

「さようでございます。また図書館に併設されて教会があり、こちらは一般の領民向けで、男女関わりなく祈りを捧げております」

「つまり農地エリアには隣接した牧場、お菓子工房、チーズ工房、図書館、教会があり、シスター様達が働いている、と。孤児院の子ども達はどうしているの？」

「彼らも貴重な労働力です。学習時間以外は無理のない範囲でシスター様達を手伝っています。

この農地エリアと修道院エリアの間には元々の外壁があり、その正門から出入りするため、不埒者《ふらちもの》は修道院には入れません」

「祈りの生活の合間に農地エリアで働き、教会でも勤めるという生活を送っているのね。丁寧な説明をありがとう。アーサー」

「とんでもないことでございます。エリー様」

「それと修道院ではお母さまの〝天使効果〟によるトラブルはなかったのかしら？」

「祈りによる精神鍛錬の成果か、そういったことはございませんでした。子ども達には非常に懐かれていらっしゃいましたが、一般的な範疇《はんちゅう》に見えました」

「なるほど。そこは注意して観察するわ」

アーサーの話を聞いているだけで、王妃教育で養った殖産興業の試案が湧いてくる。

これをいかに院長様に伝えるか。

悩ましいと思いつつ、私は新たな書類に手をつけた。

◇◆◇◆◇

約束の日――

私とアーサー、マーサの三人は、エヴルー伯爵家の紋章入り馬車で修道院へ向かう。

肌を極力露出させない、立ち襟の白いデイドレスはレース遣いも上品なAラインだ。念のため、例のヴェール付き白いつば広帽子もかぶる。ドレスの雰囲気に合い実に貴婦人らしい。

農地エリア側の門に馬車を付け、アーサーにエスコートされて降りると、農地エリアの中央に作られた石畳の道を、修道院正門に向かい楚々《そそ》と歩く。

畑に植えられた作物、特にハーブが気になるが、ヴェールもありよく見えない。

マーサから小さく咳払《せきばら》いをされ先を促される。

道の左右に広がる畑ではシスター様達や子ども達が生き生きと働いていた。黙礼《もくれい》を交わし合い進むと鶏《にわとり》も歩いている。

「あら、鶏が。この子は脱走したのかしら」

「エリー様。私がお伝えしておきます」

「マーサ、大丈夫よ。まるで案内してくれているみたいだわ。大人しいこと」

石畳の道の先には、修道院正門――

そこには院長様が出迎えてくれていた。

互いにあいさつを交わすと、アーサーを供待ち部屋に残し、マーサと二人、まずは応接室に通される。

孤児院の子ども達以外、修道院は基本、男子禁制である。

さすがにここでは最初からエリーは名乗れない。

「故国ではラッセル公爵が長女エリザベス。この帝国ではエリザベート・エヴルー女伯爵という名前と爵位を頂戴しております。陛下の謁見前に名乗るのはおこがましく、またどちらも仰々《ぎょうぎょう》しく……。どうかエリーとお呼びください」

「かしこまりました。エリー様ですね。先日は過分なるお気持ちを頂戴しありがとうございます」

あいさつ状と共にかなりの寄附金を届けていた。またお父さまも〝大移動〟前に寄付をしている。

Bプランはこちらへの入会だった。安全を願う親心をありがたいと思う。

「とんでもないことでございます。俗世にいる私どもができる数少ないことでございます。院長様。失礼して帽子を取らせていただいても差し支えないでしょうか？」

「はい、構いませんが……」

「院長様は母の事情をお聞き及びと伺《うかが》いました。私は瞳と髪の色以外は、母アンジェラにとてもよく似ております。トラブルを避けるためこうしてまいりましたが、問題がなければお顔を見てお話ししたいと。このヴェールで私からも院長様のご尊顔がはっきりと見えないのです」

「それはそれは……。どうぞ、ご自由になさってください。まもなくお茶も来るでしょう」

マーサにヴェールを上げてもらい帽子を取る。

母ゆずりの顔立ちに緩めに結い上げた見事な金髪、エメラルドグリーンの双眸《そうぼう》。

院長様も思わず見つめている。

「……院長様、ご気分はいかがでしょうか」

「……はい。大丈夫でございます。本当にアンジェラ様にそっくりでいらっしゃいますね。ただお髪《ぐし》とお目の色が違うためか印象も明るく、太陽の下の若麦のように私は感じます。アンジェラ様は月光を集めたような銀の髪に、澄んだ湖のような青い瞳。誠にお綺麗でございました」

「ありがとうございます。ここにいるマーサやアーサーが心配しているのです。母とそっくりなので、昔のことを思い出し蒸し返す方もいるのではないか、と」

「まあ。アンジェラ様は被害者でございます。一方的に恋焦がれられても困ってしまいます。それをアンジェラ様のせいにしてしまい……。度量の小さな方と思いました」

「あの、そういった方々は今も領内に？」

「いいえ。ほとんどが帝都に出ておりますよ。娘達が相手にしなかったもので肩身が狭くなってしまったのです」

「そうですか。申し訳ありませんが少し安心しました」

そこに温かなハーブティーが供される。カモミールやセージ、ミント、オレンジフラワー、オレンジピールなどがブレンドされた茶葉だ。

爽《さわ》やかさが混ざった香りを楽しみ一口味わうと、懐かしさが先に出た。

「これは……。母のレシピのハーブティーでございますね」

「さようでございます。リラックスしていただきたいと、こちらを……」

「お心遣い、ありがとうございます。嬉しゅうございます」

「エリー様も、お好きなようでございますね」

「はい、母が残したレシピで学びました」

ハーブの話題でしばし歓談した後、帽子はマーサが持ち素顔のままで、修道院内や祈りの場である聖堂などを案内される。

聖堂は美しいステンドグラスに彩《いろど》られ、特に薔薇窓が壮麗だった。

お母さまがここでひとり祈りたかった気持ちもわかる気がした。

孤児院は清潔な建物で、身綺麗な子ども達は算数の授業中だった。人数の関係か、労働と授業は交代制のようだ。

「読み書き算数ができれば商家の奉公人にもなれます。希望者は帝都でのチーズや菓子の卸し先から紹介してもらっています」

「人の縁でこの子達の未来も広がっていく。すばらしゅうございます」

寝室は2段ベッドでぎゅうぎゅう詰めだが、寝具は清潔で人数分ある。増加に対応しきれないのが悩みの種らしい。

次は農地エリアでアーサーも加わり、牧場からチーズ工房、お菓子工房、畑と視察していく。各々質問すると楽しそうに答えてくれる。

試食を勧められ一口味わうと、滋味がありとてもおいしい。包もうとするのでアーサーにきちんと購入するよう伝える。

お菓子は領地邸の使用人達へのお土産だ。

農地のハーブ区画には思わず感嘆の声を上げてしまう。

「なんてすばらしい。皆、生き生きとして香りも濃いわ。珍しいハーブもそろえていらっしゃるんですね」

「はい。ハーブは担当を決めています。詳しい者が収穫しないと、間違えてはいけない効能もあります」

「そうですね。私も心して屋敷で手入れいたします」

「エリー様が？」

「はい、私が。庭師と一緒ですが、ハーブの手入れは何よりリラックスできるのです」

後ろでアーサーとマーサが微苦笑している気配がしたが気にしない。

素朴な教会も見学する。シスター様達以外、誰もいない。領民が来るのは朝夕が多いとのことだった。

最後は図書館——

修道院のため宗教関係の書籍が多いが、アーサーが話していたとおり、お母さまの記録簿もある。

手に取ってみると、ハーブの栽培・収穫方法など詳細だ。レシピも何通りも試していた。

「院長様。母の記録簿を見せてくださりありがとうございます。時折りこちらにうかがってもよろしいでしょうか？」

「えぇ、エリー様ならいつでもどうぞ。特別な教導書は鍵付きのガラス棚に入ってますが、他は自由に閲覧できます。また修道院の正門の門番に仰れば、お時間を気にすることなく聖堂でお祈りもできます。アンジェラ様もさようでございました。取りはからっておきましょう」

「ご配慮、とても嬉しく存じます。院長様。あちらの教導書は本当に美しゅうございますね。実に貴重なものをここまで受け継がれて、と感嘆いたしました」

「はい、設立当時からの、我々の宝です」

院長様は嬉しそうに答え、特別に拝観させてくれた。

私はここで、院長様に図書館の閲覧席の椅子を勧め、「おりいってお話が」と、自分がこの領地に来た経緯を説明する。

「それは……。大変なご経験をされたのですね。神のご加護がエリー様にございますように」

「ありがとうございます、院長様。ただえがたい経験もいたしました。未来の王太子妃として、領地経営や殖産興業にも実際に携わってまいりました。そのおかげもあり、この領地をアーサー達の力を借り運営できると思います」

「さようでございますか。苦難を幸いに変えられるお心の美しさ。神の恩寵《おんちょう》がございますように」

「とんでもないことでございます。神の恩寵はこちらの修道院にあってしかるべきかと存じます」

「え？」

戸惑いを見せる院長様に、私はゆっくりと話しかける。

「院長様。菓子工房も、あれだけの材料をクッキーだけではもったいなく存じます。日保ちのする焼き菓子、マドレーヌやカヌレなども加えてはいかがでしょうか？　卸し先から聞かれたことはございませんか？」

「ああ、確かにございます。他にも作らないかと。ただ素人の作ったものですので……」

「今のクッキーも充分おいしゅうございます。ご希望でしたら我が家の料理人をこちらへ一時派遣させていただきます。付加価値のあるお菓子になさればそれだけの利益もございます。

数種類に収めれば負担も小そうございます」

「……なるほど。さようでございますね」

「また、ハーブについては、ハーブティーだけでなく、香辛料や入浴剤、染料などとしても用いられます」

「香辛料や入浴剤、染料とは染め物ですか？」

「はい、さようでございます。乾燥ハーブで香辛料や入浴剤を作れますし、染料は上品な優しい色合いに仕上がります。糸を染めレース編みや刺繍に用いることもできます。先ほどの読み書き算数は実に素晴らしく存じます。さらに絵心があれば、刺繍図案集を元にオリジナルの作品も作れましょう。刺繍やレース編みの技術を子ども達が習得できれば、選択肢も広がるかと、愚考いたします」

「愚考なんてとんでもない。レース編みや刺繍ならシスターの中にできる者もおります。絵心のある者も。確かに刺繍の刺し子は、帝都では男性職人もいると聞いております。子ども達の自立の一助になれば幸いとなりましょう」

「ありがとうございます。最後にあの美しい教導書でございますが、複製品を作ってみるお気持ちはございますか？」

「複製品……。偽物ということでございますか？」

院長様の声が重くなる。ここだけ聞けば無理もない話だ。

「確かに本物ではございませんが、信心深い方々にとってはあの教導書と同じ内容の御本は、ありがたい信仰への導きとなりましょう。それもシスター様が信心を込めて筆写し彩本するのです。複製品でもその方の信仰の支えとなるはずです。もちろん複製品であることはわかりやすい場所に明記いたします。完全受注品としお渡しする期限も設けません。あれだけの品、聖句や文言の筆写だけでも大変貴重です。恐れ多いですが、神学者にとってはここまで足を運ぶ労苦もなくなり、その分、神のための研究も進むでしょう。単なる信徒の私よりも帝都の宗教書を主に扱う書店で、一度ご質問、ご相談してみてはいかがでしょうか？」

「神学者の研究……。私には思いもつかぬことでございます。確かに熱心な信者様でも体調次第でこちらにまいれなくなることもございます。期限を切られなければ無理をせず、納得のいくまで作業もできるでしょう。エリー様の仰るとおり、宗教書の専門店で一度聞いてみましょう」

「私のような浅学の身の言葉に耳を傾けてくださり、誠にありがとうございます」

「いえ、私こそ。現状で充分と思っておりました。ただ子ども達のこともございます。ご提案はぜひ検討させていただきましょう」

「後ほどアーサーに文書にまとめたものを届けさせます。どうかご一考の助けとなりますように。また私への斟酌は一切無用でございます。ここで祈り、働き、暮らす方々のお気持ちが一番大切に存じます」

「重ね重ねのお心遣い、本当にありがとうございます」

「いえ、とんでもございません。それでは、そろそろお暇《いとま》させていただきます。院長様。母と同じく、私も祈りに来てもよろしいでしょうか？」

院長様は、ハッとした表情を浮かべた後、優しく微笑む。

「先ほど申し上げましたとおり、いつでもいらっしゃいませ。祈りの場はいつでもお待ちいたしております」

私は院長様に別れを告げる。

修道院は好意的に新領主を受け入れてくれたようだった。

いざとなれば第二に駆け込める場所ができた。

お土産の菓子の甘い香りは幸せな気分にしてくれる。

帝国に来て以来、最も安心して馬車に揺られ領地邸へ帰還した。

◇◆◇◆◇

修道院への詳細な提言書のお返しに、思いもよらないものが贈られてきた。

お母さまの絵——

院長様のお手紙によると、事故で家族全員を亡くし失意のうちに修道院に入会した、帝都の女性画家がいた。

そのシスター様が〝宗教画〟として、祈りや奉仕作業に通われていたお母さまの姿を描いた作品の中の一点、との説明だった。

祈るお母さまと、聖堂のステンドグラス・薔薇窓が実に美しい。

「これは……」

「まさにアンジェラ様のお姿でございます……。よもや再び拝見できるとは……」

マーサの目から涙がこぼれハンカチで押さえる。冷静なアーサーも感極まった表情だ。

「アーサー、マーサ。素晴らしい絵だこと。ラッセル公爵家にはお母さまの絵が1枚もないの。お父さまのあの〝お手紙〟によると、肖像画を注文しても画家がお母さまに〝心酔〟してしまい、仕上がらなかったそう。ご実家でも似たような事情でお母さまの絵はこちらにもないのでしょう?」

「さようでございます。エリー様」

苦い思いを乗せた声でマーサが答える。

この絵を贈ればお父さまがどんなに喜ぶことか——

「エリー様。アンジェラ様の絵は他にもあるかもしれません。ご事情をお話しし院長様にお問合せになってはいかがでしょうか」

「そうね。そういたしましょう。まずはこの絵のお礼状を書くわ。訪問のご都合も伺いましょう」

書き上げた手紙をアーサーに預け執務室で一人になると、イーゼルに置かれたお母さまの絵と相対する。

「本当に美しいこと」

院長様のお手紙によると、満月の夜に祈りを捧げるご様子だという。

私には叙爵の謁見が予定されている。それが帝国での社交界デビューだ。

その用意にも取り掛かっているが、別途しなければならないことがある。

母・アンジェラのトラブル相手の確認だ。

父・ラッセル公爵が作成してくれたリストに目を通すと、侯爵家以上の高い身分は1人を除き見当たらない。高位貴族としての理性が働いたか、周囲が揉み消した可能性もあるが——

それでもかなりの人数で、婚約解消、婚約破棄に至ったケースもある。

いずれも一方的な告白や手紙だ。全く交流がないか、あいさつのみ交わす顔見知り程度の相手から、

「婚約者として父母にあいさつしてほしい」

「婚約者、もしくは恋人がいるが、あなたのためなら関係を清算する」だの、ひどいものは「聖堂に結婚式の日取りを予約した」との手紙や口頭での申し出まであった。

もちろんお母さまは二人きりで会ったことはなく、付き添いの専属侍女などを側から離さなかった。

これらは男性からで、女性からも同様の関係の人物から、

「あなたが忘れられない。婚約を解消したい」

「お姉様、もしくは妹になってほしい（これは養子縁組だけでなく、女性同士の恋人関係を意味する場合もあったらしい）」

「一緒に住む家を購入したい。内覧に行きましょう」というものもあった。

読んでいるだけでもお母さまに同情せざるをえない。

お父さまはもちろん、院長様やアーサー、マーサの言うとおり、お母さまは被害者だった。

だがお母さまが原因で恋人と別れたり、婚約が解消・破棄された相手にとっては、憤懣《ふんまん》やるかたなし、という気持ちは想像できる。

そこで周囲に相談する過程で、「婚約者をもてあそび楽しんでいる」「悪役令嬢」「色仕掛けが趣味」といった噂となっていった、という図式だろう。

公爵令嬢だけに表立って言う者はほぼいなかったようだが、それだけ陰に回り思い込まれていった。そして最後には逆恨みされ事件の被害者となった。

あくまでも客観的に考えると、家の当主としては領地に避難させたくもなる。

帝都からほど近いここエヴルー伯爵領なら目も届く。使用人も不埒なことがないよう厳選した。

ところが安心したのも束の間、領地でのトラブル――

王国への外交団に加わり、他国での結婚、もしくは修道院への入会を望んだ経緯は、『公爵家により国外へ放逐《ほうちく》された』と言うよりもお母さまの希望だったようだ。

『家族や友人にこれ以上、迷惑をかけたくない。いっそ誰も知らない土地へ』と、当時のお母さまの気持ちをお父さまは記していた。

『ぽいっと捨てられた』とはお母さまを溺愛《できあい》するお父さまの感覚で、『どうして守ってやらなかったんだ』というタンド公爵家への気持ちもあったようだった。

結果的に表でも裏に回ってもお母さまを護ったお父さまに出会えたが、本当に奇跡的だった。

お二人あっての私――

父母の愛情に深く感謝する。

それとは別に対策は考えなければならない。

すでに20年以上経過したとはいえ、恨みに思う、あるいは恨みまではいかないものの、強い不快感を持つ者はいるだろう。

当時、年頃の貴族令嬢なら現在は30歳から40歳台前半だ。
社交界では脂《あぶら》の乗りきった年代で、敵に回すと厄介この上ない。
婚約関連のトラブルはアーサーに詳細を確認しておこう。
恋愛関連もかなりの件数があるが、優先順位は婚約関連が上だ。
婚約者同士、個人だけではなく、家と家との契約でもあるのだ。
そういうことを全部吹っ飛ばされた私が、改めて思うことではないが。
〝天使効果〟の被害者は現在の私と同じ立場だった。
そんな人達の目の前にお母さまそっくりの私が現れたら――
もろもろ、いろいろ、複雑極まりなくなるだろう。
目標設定は、お母さまの実家であるタンド公爵家に極力迷惑をかけないこと。
そして、領地での安らかな暮らしを守ること。
以上、2点だ。

当面の課題は、お母さまの実家、タンド公爵家との交流だ。
帝国入国について、父・ラッセル公爵は手紙を出し『了承』との文言を得ている。
またお母さまとの結婚後は手紙のやりとりを定期的に行っていた。

驚いたのは私の肖像画の小さなサイズを贈っていたことだ。

節目《ふしめ》に何度かモデルになった記憶がある。

その時、お父さまは通常サイズと小さなサイズを注文していたのだ。まったく知らなかった。

お母さまは実家タンド公爵家との交流はご自分ではなさらず、ほとんどお父さまが窓口でされていた、とのことだ。

私もこの領地邸に到着して以降、何度かタンド公爵家には手紙を出し、返事はいただいている。

とはいえ、帝国の儀礼に則《のっと》った礼儀正しいやり取りで瀬踏み中だ。

謁見の際の後見についてはご承いただいている。お父さまの意向を汲《く》んだ匂いがするが。

元々、タンド公爵家の従属爵位であるエヴルー伯爵位が私に継承されたのは、お父さまの交渉によってである。


公爵家の当主は現在は母の兄だ。

私にとっての伯父《おじ》が相続し、その子どもも全員結婚している。伯父の伴侶の公爵夫人はお母さまの友人だった。

お母さまの父母、私にとっての祖父母は領地で暮らしている。

タンド公爵家の家族の状況に不安要素は少ない。

謁見の前後、帝都にいる間はタンド公爵家に滞在する予定だ。

親戚としてなるべく円満な関係でいたかった。

公爵家だけでなく、お母さまの〝心酔者〟ではなかった幼い時からの友人も何人かいる。この方々も条件次第ではお話しできるかもしれない。

しかし社交は最低限で平穏に暮らしたい、と切実に思う。

そのためには、社交界を仕切っている方々に好感を持っていただくこと。

王族の庇護を得ること。

過去の友人を母の知己として交流すること。

いずれもハードルは高いが、とりあえずの目標としておこう。決して無理はしない。

そのためにも、お父さまが帝国での大使館を通して得た、社交界の情報は大変参考になる。

今はこの領地での暮らし、安らかな生活が一番大切だ。

お母さまもここ、伯爵領を営み、修道院で祈り、そしてたまに訪問してくれる家族や友人を迎える、そういった暮らしをしたかったのだろう。

ハーブを愛した気持ちも理解できる。これだけ心身に負荷がかかった状況なら癒されたいと思うのも無理はない。

私の中のお母さまはほとんどがベッドで横になったお姿だった。

名前を呼んだりなでたりしてくださった。

「愛しいエリー」「宝物のエリー」「大切なエリー」といった呼びかけは今でも覚えている。

調子がいい時はベッドの上で起き上がり、私のお気に入りの絵本を読んでくれたり、一緒にプリンやケーキといったお菓子を食べ、時には食べさせてくれたこともあった。

注文した洋服を着せて喜んだ、こともあった、らしい。覚えていないのが残念だ。

この金髪も愛でてくださり、ブラッシングをしてくださったこともあったとか。

お父さまいわく、「エリーはまるで麦の子ね。瞳は伸びていく若麦の色、髪は実りの金の色。あなたに似てよかった」とよく話していたという。

エヴルー伯爵領に来てわかったが、お母さまは安寧《あんねい》の地になったかもしれなかった此処《ここ》を、関わった時間は短くとも深く愛していたのだろう。

——私はお母さまの分までこのエヴルーを愛していこう。

イーゼルに置かれた絵を見て改めてそう思い、次の書類を手に取った。

◇◆◇◆◇

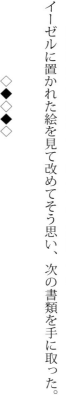

お母さまの絵画について院長様からお返事が来た。

他にもかなりの点数が遺《のこ》されており、もしよければぜひご覧いただきたいと書かれていた。

もちろん最短の日程で訪問する。

マーサと共に訪れたその部屋には、油絵が3枚、水彩画が10数枚、デッサン帳が1冊、置かれていた。

いずれもすばらしい作品だ。

「作者がきちんと保存してくれていましたので、状態も良うございます。油絵が少ないのは絵の具が高価だったためです。当時は聖画を描くにも、材料の購入費用に事欠く状況でした」

紛争に巻き込まれた子ども達や未亡人を受け入れた時期と重なっていた。

お母さまがこれだけ描くことを了承したのは、元画家のシスター様と信頼関係があったからだろう。

「院長様。母をこれだけすばらしく、生き生きと描いた作品を保管してくださり深く感謝いたします。私には病床の母の記憶しかないのです。よろしければ何点か譲っていただけないでしょうか。私の実家のラッセル公爵家にも母の絵画は1枚もないのです。

主には、あの、〝天使効果〟の影響で……。父がどれだけ喜ぶでしょう」

「でしたらすべてお持ちください。これはアンジェラ様の遺品でもあります。

『私の存在が忘れ去られ〝心酔者〟の被害がもう出ないだろう、と見極めがついた時に連絡してほしい。私が受けていた神の愛を伝えるために家族に渡してほしい』との仰《おお》せでした。相応の保管料もお預かりしております」

「お母さまが……。しかし描かれた方はこの『天使の聖女修道院』のシスター様です。

修道院の財産でもあります」

何度かの押し問答の末、修道院にも何点か残すことになった。そこで私はさらに申し出る。

「入会される前は、画家を生業《なりわい》にされていたとのこと。帝都で信用のおける画商を呼び、評価額を鑑定してもらいましょう。正当な評価の上、譲り受けたいと思います」

ここでも押し問答になったのだが、結果的には了承してくれた。それでも私に贈呈《どうてい》してくれた絵は対象外だと主張される。そこは私が折れありがたく頂戴することにした。さっそくふさわしい額の手配をしなければ、と思う。

話が一段落したところで、私の提言による運営も順調だと報告してくれる。

特に、あの貴重な教導書の複製品の制作を始めたことには、驚きを禁じえなかった。

可能性は半々だと思っていたためだ。

「帝都の専門図書店でお話ししたところ、店長様自《みずか》ら最初の複製品を購入したいと仰いました。

転売などではなくご自分の側に置きたいとのご希望でした。単なる偽物ではない、と複製品の意義も教えてくださいました。シスター達も真剣に向き合い作業しています」

ハーブの香辛料は、お菓子作りに派遣した料理長の意見も取り入れて調合し、チーズの卸し先に相談したところ、いくつか契約が成立したと話す。

もちろん我が領地邸の食卓にも上がっていた。

入浴剤は病床にあったお母さまのレシピを中心に、シスター様や子ども達で試した。

こちらはお菓子の卸し先に相談し、貴族や裕福な市民層が顧客にいる商会と交渉中だという。

染料は試行錯誤中だが、入浴剤と同じ商会に、既製の材料を用いたレース編みと刺繍の試作品を見せたところ、買い取りたいとの申し込みもあると説明してくださる。

どれもこの修道院への尊敬と信頼があってのことだ。

そのことは強く伝え、院長様も「名前に恥じない行いを心がける」と改めて仰ってくださった。

最後に聖堂で祈りを捧げ、薔薇窓を見上げる。

──本当に美しい。醜い心まで浄化してくださるようだ。

「領地もこの修道院も、守っていかなければ」

私は領主なのだ。

お母さまから受け継いだ、エリザベート・エヴルー女伯爵。

その名に恥じない行いをしなければならないのは私のほうだ。立ち上がると聖壇に向かい、謝意を込めてお辞儀をし、凛と前を向いた。

◇◆◇◆◇

お母さまの絵の発見以来、修道院へ祈りにいく回数が増えた。

農地エリアの工房に顔を出し、あいさつがてら進捗状況を話題にすることもあるが、お母さまの絵を見ている時間の方が長い。

特にデッサン帳は一瞬の表情を切り取っていたり、手や腕、横顔、目、耳といった部位の習作や、油絵、水彩画の下絵もあって面白い。

お母さまの手指はこうだったのね、などと思う。

と同時に、なでてもらった感触を思い出せなくなっている事実に切なくもなる。

帝都から来た画商の鑑定によると、シスター様はある程度名を馳《は》せた画家で皇族の肖像画を描いたこともあったという。

事故による家族全員の死をきっかけに筆を折ったと思われていた。

買い取りを強く希望されたが、描かれた人物は帝国と王国の公爵家に所縁《ゆかり》の故人である。両家に寄贈する予定を院長様が伝えると、引き下がったという。

残っている油絵は3枚だ。

1枚目は、子ども達から贈られたハーブの花束、タッジー・マッジーを持って微笑んでいる。香りまで伝わってきそうだ。

2枚目は、紺色のドレスを着たあきらかに肖像画だ。ただ当時身につけていないはずの高価な宝飾品なども描かれていた。いずれも公爵令嬢にふさわしいもので、デッサン帳にその下書きがあった。

お母さまの本来の身分に合わせた装いのため加えてくれたのだろう。

3枚目は、葡萄《ぶどう》の木の下で房を手に取っている。季節の実りに目を細める表情が愛らしい。

3枚とも各々違った魅力があり、画商から譲ってほしいと言われるにふさわしい作品だ。

問題はどの絵をどちらに贈るかだ。

そもそもお父さまは熱望するだろうが、タンド公爵家の反応は読めない。

それでも、『著名な画家が描いた母の絵画が見つかった』とタンド公爵家へ手紙で知らせた。

『時間ができたら拝見させていただきたい』という返事は、本気なのか社交辞令なのかいまひとつ読めない。

それでも返事をくれたのだから、と思うに留め、今のところは棚上げとする。

修道院へは領民が教会へ行く朝晩を避け、執務の合間を縫いマーサと共に通う。

シスター様達や子ども達に顔も名も『エリー様』と覚えられ、好意に基づく素直な笑顔を向けられると本当に癒される。


王立学園では特に2年生以降、私の笑顔は心からではなかった。

元々、王妃教育で貴族的微笑を叩き込まれていた。

それに加え、場合によっては、厳格さ、もしくは威圧を感じさせるよう計算されたものになった。

感情の抑制、それも自分自身が望んでいない方向性は本当に疲れる。

そして外ではその疲れを感じ取らせてもいけない。

何気ない笑顔は、家でのお父さまと、気の合った使用人のみとなった。

今は貴族的微笑は必要だが、それでも心から笑える幸せを噛み締めている。

この日も絵画を眺め聖堂で祈った帰りに院長様と行き合わせる。

時間にゆとりがある旨を確認されると、マーサとある場所へ案内される。

木々に囲まれた墓地だ。

同じような石板の墓石が並ぶ区画を進み、ある墓石の前で院長様が立ち止まる。

「エリー様。こちらがアンジェラ様のお墓です。ご遺言に従いご夫君のラッセル公爵様が『墓を建て遺髪を埋葬してほしい。妻の希望だ』と送られてきたのです」

マーサが息を呑む気配がした。私も心中驚きを禁じえないが冷静さを保つ。

墓石には母が亡くなった時の氏名、アンジェラ・ラッセルと生没年が刻まれていた。

その下に『タンド公爵家に生まれ、ラッセル公爵家に嫁ぐ。18年間を過ごした祖国の地に』と続いていた。

「お母さまと、お父さまが……」

「はい。アンジェラ様は、懐かしい祖国にも、という想いがあったそうです。

ただタンド公爵家の墓地に埋葬されれば、ご自分の事情で墓地を荒らされかねない。

ここなら安全で静かに過ごせるとの仰せだったそうです」

「アンジェラ、さ、ま……」

マーサの抑えた苦悶の声が小さく響く。

「……私は知りませんでした。お母さまの命日には毎年、ラッセル公爵家の墓地に埋葬されたお母さまのお墓にお父さまと参っていました。帝国にもお墓があるとは露知らず……」

「アンジェラ様が王国でラッセル公爵様と出会えたのは神の御業《みわざ》でございましょう。エリー様も生まれお幸せだったと思います。それでも人の想いとして祖国は忘れがたく、ということもございましょう」

「そうですね。私も天に召される時はそう思うかもしれません。先に召されていれば、父の元に、少しでも、と。ああ、いけません。父に『勝手に亡き者にするな。縁起でもない』と怒られてしまいます」

「さようでございますね。お手紙でもまだまだお元気なご様子でございます」

父とのやり取りが浮かんだのか、真面目《まじめ》で穏和な院長様が珍しく小さな笑いをこぼす。

私は一つの疑念が浮かび、おそるおそる尋ねてみる。

「あの……。院長様……。タンド公爵家の方々は……、このお墓について、ご存じなのでしょうか」

「いえ、ご存じではございません。ご迷惑をおかけしかねないと、アンジェラ様の願いでございます……」

やはりそうだった。

死んだ後も実家に迷惑をかけまいとするお母さまの気遣いが、痛いほど伝わってくる。

墓碑銘《ぼひめい》からは、実家と祖国を慕《した》う相反する気持ちもひしひしと感じられる。お父さまに出会い愛されて幸せだった。それでも、祖国を、実家を、忘れられず愛していた。当たり前の感情だ。

「そうですか。あの……。こちらで少し、お母さまを偲《しの》びたいのです。よろしいでしょうか」

「もちろんでございます」

「マーサ。ごめんなさい。供待ち部屋で待っててもらえるかしら？」

「……はい、かしこまりました」


私は二人が去った後、墓石の前に座り、彫られた文字を指でなぞる。

改めてお母さまの気持ちが伝わってくる気がした。

お母さまはこの帝国で、生まれ持った容貌と魅力に苦しめられ続け、まるで逃げるかのように訪問した王国でお父さまに出会った。

結婚し私を産んでもなお、祖国が懐かしい時があったのだろう。

『どうか神の御許《みもと》で、今は安らかに』と心から願う。

「慈愛溢《あふ》るる、神よ、天使よ。母アンジェラに、安寧《あんねい》の眠りを与えたまえ。その、心、を……」

聖句の途中で言葉が途切れ、涙が頬を伝う。

お母さまは何も悪くない。言葉をろくに交わしたこともない方々に〝心酔〟され、勝手に追い回され他からも恨まれ、『悪女』などと言われ追われるようにこの国を出た。

私はまだ救いがある。逆らえない王命だった。理不尽と感じたが国のためと言われれば仕方ない。次代の統治者の妻なのだから、と思い、『悪役』などと言われても耐えられた。

そして耐えられなくなった時、自分を守るために、安全な新天地へ〝大移動〟してきた。

私は自分を守り、お母さまはご実家を守ろうと祖国を出た。お母さまは今の私の姿を見てどう思われるだろう。

絵に描かれた姿を見てこの墓を知り、初めて思う。

悲しまれるだろうか。それともよくここまで来ましたね、と思ってくださるだろうか。

お母さま、お母さま、お母さま……。

辛く苦しい想いが溢れ、お母さまが受けた理不尽な仕打ちに怒りを覚える。

死んでなお、家族の元に帰れないお母さまの境遇が苦しくて仕方ない。

いや、お母さまはすでに神の御許に旅立たれ、安寧の眠りに就いていらっしゃる。この苦しみや、怒り、悲しみは私の気持ちだ。勝手な思い込みでお母さまを嘆いてはいけない。

同じように『悪女』『悪役』と呼ばれた母娘でも、自分の現況とお母さまの人生を重ね合わせても、何も生まれない。変わらない。

何より失礼だ。

お母さまはお母さま、私は私だ。お母さまの選択をお父さまが尊重したからこそ、ここにこのお墓があるのだ。

私もそうしよう。そう思い立つと、涙をハンカチで押さえゆっくりと立ち上がる。

このまま供待ち部屋に行くと、マーサに心配をかけてしまう。

聖堂で顔を清め、心を落ち着かせてから行こう。

ハンカチを目元に当て少し俯《うつむ》き聖堂へ急ぐ。

聖堂の浄《きよ》めの泉で両手と顔を洗い少しすっきりする。感情はたったこれだけでも変わるのだ。

聖壇前で蝋燭《ろうそく》に火をつけ捧げると、芳《かぐわ》しい香りが立ち上る。シスター様達の発案でローズマリーなどのハーブを入れて作られている。

いくつかの灯火を眺めていると、大きく揺らいだ気持ちが少しずつ落ち着いてくる。

静けさの中、美しいアーチを描く聖堂で、悲しみや怒り、苦しさについての聖句を思い浮かべながらひとり祈る。

改めて考えてみると、ここに来れば懐かしいお母さまと会えるのだ。だから院長様も教えてくださったのだろう。

今の自分にはアーサーやマーサ、心優しい使用人達が支えてくれている。修道院のシスター様達や子ども達もいる。遠くから私を思い応援してくれるお父さまもいらっしゃる。謁見が終われば正式に領民の前に立てる日も来る。私は此処エヴルーで生きていこう。

「神の恩寵よ……。陽のごとく、雨のごとく、天より、人々へ、降りそそぎ、たまう……」

院長様の計らいで、思わぬお母さまとの邂逅《かいこう》に感謝しながら聖歌を口ずさんでいると、コツンと物音が響いた。

靴音だ。

思わず振り返ると小さな花束を持ったグレーのスーツ姿の男性がいた。この修道院は男子禁制だが、いくつかの例外に墓参がある。墓参りの帰りに聖堂に花を捧げに来たのだろう。グレーのスーツは没後数年経った場合が多い。仕立ての良さといい、物腰といい、高位貴族だろう。

私の目線を感じたのか、声をかけてきた。

「これは失礼。邪魔をしただろうか」

「いいえ、こちらこそ、お恥ずかしい姿をお見せし申し訳ございません。失礼いたしました」

立ち上がるとゆっくりお辞儀し、正面の扉へ向かう。

「思い出した。自分は先日、ハーブティーを分けてもらった者だ」

すれ違おうとしたところに急に声をかけられ、つい見上げると、青い瞳と眼差しが交《まじ》わる。

右頬に見覚えのある傷痕がある。前髪を全て後ろに流し黒髪を整え、ずいぶん印象が違うが、確かにあの時の男性だ。

社交のこともあり話を畳《たた》みにかかる。

「……あの時のお方でしたか。お役に立てて何よりでした。失礼します」

「待ってくれ。あれはうまかった。あの茶葉はどこで手に入るのか」

立ち去ろうとする人間に、何を聞いてくるのかと思ったら——

「似たものならこちらの修道院で販売しています。お花を売っていたところにあります。あれは当家オリジナルのレシピですので……」

「その、オリジナルのものを分けてもらえないか？」

ハーブが苦手と言っていたのにそこまでこだわるのか、と首を傾げる。また安易に直接取引はしたくない。この人がどういう貴族家に属しているのかもわからないのだ。

「急なお話で、申し訳ございませんが、待たせている供もおり心配します。院長様とお知り合いなら預けておきましょう。

お名前を伺ってもよろしいでしょうか」

「……ルーだ。君の名は？」

こちらの名も尋ねられ戸惑う。社交で会った時、偽ったと思われたくはない。

「院長様はエリーと呼んでくださいます」

「あいわかった。引き止めてすまなかった」

思わぬ再会に少し動揺しつつも、背中に感じる目線に悟られたくなくて、凛として光差す扉へ歩んでいった。

3章　悪役令嬢の社交

今回の紛争は戦闘は終了したが、外交折衝《せっしょう》が長引いているらしい――

そんな新聞記事を修道院の販売所で見た数日後、タンド公爵家から手紙が届いた。

こちらからの返信ではなく、あちらから届くのは珍しい。

読んでみると、今回の紛争勝利記念の皇城祝賀会で功労者に叙勲《じょくん》や叙爵があるらしい。

その方達と同じタイミングで謁見をしてくださる、とのお知らせだ。

正直とてもありがたい。メインは紛争の功労者で交ざれば目立たない。単独での謁見などで極力目立ちたくなかった。

用件はこれだけではなく『お母さまの絵を拝見したい』とある。

また帝国でのデビュタントと見なされるため、私の謁見のドレスは社交においては重要で、デザイナーを連れていく、との内容だ。

こちらが同意するかは尋ねず、決定事項だ。

この件もあるのでいらっしゃるのは公爵夫人だ。

候補日を知らせてくれたので、至急アーサーと打ち合わせ無理のない日程で決定する。

失礼のないよう丁重《ていちょう》な返事を認《したた》めた。

なにしろタンド公爵家は私の後見役だ。

ここでしっかり足場を固めないと、他へのアクセスなんてとんでもない。

第一印象は非常に重要だ。今回の公爵夫人へのおもてなしに私の未来がかかっていると言っても過言ではない。アーサーやマーサ、料理長と何度も打ち合わせ、領地を活かしたおもてなしプランを考える。

この緊張感が伝わったのか公爵夫人の訪問日程が決まると、使用人達のやる気が目に見えて高まる。

屋敷は柱の1本、ガラス窓1枚に至るまで磨き上げられる。

そして私もだ。マーサと侍女達により美容プランが組まれ、庭園や修道院のハーブで作られた入浴剤や化粧水、クリームもふんだんに用いられる。

「いらっしゃるデザイナーは帝都で一、二を争うとの評判です。そんなお方に見せるお肌や髪に曇りがあってはいけません」

気合いの入ったマーサにより、日焼け防止のため庭園でのハーブの手入れは禁止され、庭園の散歩も日傘が必携となった。

さすがにお母さまの墓参の際は独りにしてもらえるが、なるべく日傘を手放さないように、

と思わず笑いがこぼれそうになる。

と真面目に言われる。

そういえば王妃陛下が派遣した侍女達も似たようなことを言ってたなあ、と思わず笑いがこぼれそうになる。

しかしマーサとあの侍女達はまったく違う。私への忠義ゆえの言動だ。

公爵夫人を迎える時の服装も、マーサから「帝都にお出かけし、既製品のお直しでもなさいませんか」と聞かれたが、「今のままで充分」と答えた。

ドレスや宝飾品は王太子との婚約時代に一生分、身につけたと思う。今はそういった贅沢《ぜいたく》に興味を失っていた。

それにどんなに背伸びしようが、今回のお客様二人にファッションで敵《かな》うはずがない。

だったら失礼のない服装で、できる範囲の装いの方がかえって上品に見えるものだ。

それに私の領地到着時に、数枚のドレスとそれに合わせた宝飾品がすでに用意されていた。

お父さまの送金で事前に帝都で購入してあった。サイズはお父さまが教えてくれていた。

父親にサイズを知られていたのは微妙だったが、王宮の服飾関係者には全員把握されていたのだ。今さらだ。

それも改めて手直しされた。

「エリー様。公爵夫人のご訪問までにサイズが変わらないようお願いします」

マーサの気合いがすごい。迫力に押されこくこく頷くしかない。

親戚とはいえ私が女主人としてもてなす最初のお客様だ。私以上に成功したい気持ちが伝わってくる。

ただし私にも日常的な業務がある。

邸内で美容グループから逃げるには執務室が一番だ。それでも追ってきてハーブティーを用意され目元のパックが施される。

「目が疲れる書類もできれば控えて」とのお願いに「領主のお仕事です」と返したら、目元の温パックが待っていた。

これはこれで気持ちいいが執務室にいるアーサーの眼差しが微妙に遠い気がする。私以上に書類を見ているのでいっそのことパック仲間に引き込もうか、などと思ってしまう。

「はい、お疲れ様でした。引き続き書類お仕事中は、20分ごとに20秒は目をお休めください。またまいります」

美容グループはとてもいい笑顔で下がっていった。

◇◆◇◆◇

タンド公爵夫人、到着の日――


「タンド公爵夫人様、お客様、いらっしゃいませ」

私の時と同様、清潔なお仕着せを着た使用人達がそろってお客様を出迎える。

彼らを背に、淡いオレンジ色のスカートに薄いオーガンジーを重ねたマーサ渾身《こんしん》のデイドレス姿の私がお辞儀しあいさつする。

「お初にお目にかかります。タンド公爵夫人様、マダム・サラ様。遠いところをエヴルー伯爵家領地邸へようこそお越しくださいました。いまだ拝謁《はいえつ》ならぬ身ではございますが、エリザベート・エヴルーと申します。ご無礼がございましたらご寛恕《かんじょ》願います」

「お出迎え、ありがとうございます。エリザベート・エヴルー卿。タンド公爵夫人です。堅苦しいごあいさつはここまでにしましょう」

「ありがとうございます。まずはお部屋へどうぞ」

久しぶりのお客様対応の出だしは上々で王妃教育の復習気分だ。お二人を客室に案内した後、サロンに移りお茶でもてなす。紅茶も何種類か用意したがハーブティーを希望された。

公爵夫人は私に『伯母様』と呼ぶように言う。血縁上は事実なので受け入れるのみだ。

私はエリーと呼んでくれるようお願いする。

「このところ、帝都ではハーブティーが好まれていますのよ。特に『天使の聖女修道院』様で調製されたお品が格別だとか」

「公爵夫人、私も飲みましたが青臭くなくおいしゅうございました。あれで美肌の効能があるなら言うことはございません」

「伯母様、サラ様。こちらは我が家のオリジナルのレシピです。『天使の聖女修道院』様とは少し異なりますが、どうぞお試しください」

いつも通りにハーブティーを入れ、お二方に勧め自分も味わう。

うん、変わらぬ味で安心だ。

「まあ、おいしいこと。爽やかで後口《あとくち》もいいわ。香りも清々《すがすが》しいこと」

「本当に。『天使の聖女修道院』様と甲乙つけがたいですが私はこちらが好みですわ。柑橘《かんきつ》の風味が効いているような……」

「実はお母さまのレシピのハーブティーなんです。オレンジピールだけではなく、オレンジフラワーも少し多めに加えています。香りが優しく上品でリラックスすると言われています」

「アンジェラがこんなにおいしいものを……」

「まあ、そうでしたの。できましたら茶葉を分けていただけませんか?」

「エリー。私もお願いしますわ。夫が喜ぶでしょう」

「かしこまりました。申しつけておきます」

帝都の流行を調べた料理長が用意してくれた一口サンドイッチやケーキもおいしい。

焼き菓子には修道院のマドレーヌも用意していた。

お二人の口に本当に合ったようで嬉しく思っていたら、公爵夫人がカップを置き優しく微笑む。

「エリー様。おいしいものに後ろ髪を引かれてしまいますが善は急げと申します。さっそくドレス選びをいたしましょう」

ドレスは社交における甲冑《かっちゅう》、武具だ。王太子の婚約者として何度も体験してきた。

まずはデザインを選定する。

『流行を取り入れつつも上品さを醸し出すように』と、伯母様とマダム・サラの熱のこもった討論が交わされる。

おおよそが決まったところで、次は布布布。布の洪水だ。瞳に合わせるか、いいえ、肌に映えるものを、とこちらも白熱する。

結論は瞳に合わせた緑系の布地に決まった。濃い緑から明るい緑へのグラデーションでデコルテや腕にレースを用いる。

ウエストには真珠を縫い付け、トップスにはカモミールの花の刺繍を立体的に、スカートの裾回りには麦の穂の刺繍を金糸で刺す。

今の領地を表したようなすてきなデザインだ。

カモミールの花言葉には『逆境に耐える』『逆境で生まれる力』『清楚《せいそ》』『あなたを癒す』『仲直り』などがある。

麦の穂は『豊穣』と『幸運』の象徴だ。紛争勝利の祝賀会にはぴったりだと、伯母様とマダム・サラは話してくれた。

宝飾品はエメラルドで統一する。ネックレスとイヤリング、髪留めは、大粒のエメラルドと小粒のダイヤモンドを金細工に配している。お父さまから贈られた見事な品だった。

「当日の衣装はこれでいいわ。公爵家に滞在中は……」

やっと終わったと思っていた私は、その後もお二人のドレス選びに夕食までお付き合いしたのだった。

◇◆◇◆◇

領地の新鮮な食材でもてなした夕食も朝食も好評だった。料理長に感謝だ。

マダム・サラは翌日の朝食後、すぐに帝都へ帰った。忙しい合間に来てくれてありがたかった。

私は執務室で伯母様に領地の運営状況をアーサーと共に簡易に報告する。まとめたものを公爵へ渡すようお願いすると快く引き受けてくれる。サボらずに領主のお仕事をやってますアピールだ。

伯母様は執務室にイーゼルを置いて飾っているお母さまの絵を見て「本当なのね」と呟《つぶや》いていた。

その後、サロンで紅茶を味わっていると伯母様から切り出した。

「エリーは顔立ちがアニーにそっくりだわ。ラッセル公爵様が肖像画を送ってくれていたから、初めて会う気はしないのだけど。実際にお会いしてみたら髪と瞳のせいかしら。雰囲気はまったく違うのね」

アニーはアンジェラの愛称で、公爵夫人や家族はずっとそう呼んでいたと話す。

母は大人しいが芯《しん》が通った性格で物静かだった一方、不言実行で頑固な面もあった。

領地に移り住むこと、王国への外交団に加わることも、父・公爵が了承した後は周囲がどんなに反対しても言《げん》を翻《ひるがえ》さなかった。そういうところは似ていると言われそうだ。

「母は私が3歳の時に亡くなりました。産後の肥立《ひだ》ちが悪くずっとベッドの上でしたが、優しかったことは覚えています」

伯母様はお母さまの性格や言動、幼い時のエピソードや帝立学園での生活を話してくれた。伯母様の出自は元侯爵令嬢でお母さまの幼馴染だ。お母さまは繰り上げた学園卒業とほぼ同時に、タンド公爵家の従属爵位の一つ、エヴルー伯爵を継ぎ領地に移り住んだ。伯母様はそんな友人を心配していたと話す。

伯母様は卒業後、半年で現公爵と結婚した。王国に滞在していたお母さまがお父さまと結婚した時は、非常に驚いたという。

「アニーは〝例の事情〟で親しい人以外は人間不信になっていたから、結婚には本当に驚いたの。でもラッセル公爵はアニーをずっと守ってくれた。深く感謝しているわ。公爵家の皆はアニーとあなたの味方よ。安心して帝都邸に来てね」

公爵夫人の言葉に嘘はないと感じた。帝都滞在は迷惑にならないかと思っていたので心中ほっとする。

昼食をすませ、もう一つの目的であるお母さまの絵画を見に修道院へ案内する。

お母さまの〝天使効果〟は幼い時からあり、使用人に誘拐されそうになったこともあったそうだ。

肖像画を注文しても、画家のふさわしくない言動で中止となり残せなかったと話す。

「だからそっくりなあなたの幼い時からの絵画に、先代の公爵夫妻や旦那様はとても喜んでいたの。今回アニーの絵が見つかったと報せが届いた時、すぐには信じられないくらいだったわ。本当にありがたいこと」

会話しているうちに修道院へ到着し院長様とあいさつを交わした後は、そのまま絵画を保管している部屋に案内される。

3枚の油絵を見て伯母様は驚きを隠さなかった。

「本当にあったのね。こちらの2枚は幸せそうに笑っているわ。この肖像画も立派で……」

肖像画に近づいた夫人が黙って凝視し、「嘘でしょう」と小さく洩らし頭を横に振る。

「エリー様。このネックレスはタンド公爵家の公爵夫人に代々伝わる品なの。母から娘に貸すことはあってもね。今は私が持っているわ。どういうことなのかしら」

私は見つけていたデッサン帳の宝飾の下書きを見せる。

「私も不思議に思っていました。マーサによると、伯爵領に来た時は宝飾品は最低限しかなく、こういった豪華なものはなかったと。おそらく画家のシスターがお母さまからデザインを聞き出し、それを元にデッサン帳で確認し肖像画に加えたんだと思います」

「なるほどね……」

しばらく考え込んだ伯母様はおもむろに切り出す。

「院長様。私どもにこの肖像画をお譲りいただいてもよろしいでしょうか」

「もちろんでございます。ただいま包装いたしましょう」

院長様が部屋を出ていくと伯母様は私を振り返る。

「エリー、本当にありがとう。あなたがここに来なかったら、この絵は私達の元には来なかったでしょう。家族を代表し深く感謝します」

お辞儀をする伯母様を押し留める。

「私もいろいろあってこの領地に辿り着きました。この絵がタンド公爵家に譲られ伝わるだけでも意味があったと思います。どうか皆様によろしくお伝えください」

絵の代金は私がすでに払っている旨を伝えると、公爵家が持つと譲らない。

「でしたらこの修道院に寄附をお願いします。お母さまも喜ぶと思います」

渋々了承すると、買い取り価格より多めの額の小切手を院長様に渡す。

「今日中に見せてあげたいからお暇《いとま》しますね。おもてなしをありがとう。嬉しかったわ。

エリー、帝都で楽しみに待っているわね」

「伯母様、私も皆様とお会いできることを楽しみにしています」

私をそっと抱いた後、伯母様はもう1泊する予定を変更しすぐに旅立っていった。

私の帝国における初めての社交はこうして終わった。アーサーとマーサによれば、無事に成功したとの評価だ。

緊張感から解放された私は夕食も摂らずに眠った。

◇◆◇◆◇

「見えてまいりましたわ！　エリー様」

マーサが窓から覗《のぞ》き外の風景の変化を告げる。朝食後、領地を出発し今は昼過ぎだ。

帝都の凱旋門《がいせんもん》が見えてきた。

「そう。やっと着いたのね。マーサもお疲れ様」

「エリー様こそお疲れ様です。お出迎えの方に失礼のないよう少し身嗜みを整えておきましょう」

伯父に当たるタンド公爵とは初対面だ。いや、伯母様以外とは全員、初めて会うのだ。

公爵邸の住人は公爵夫妻、嫡男《ちゃくなん》夫妻、次男夫妻の計６人で、長男は城に通う文官、次男は騎士団所属だ。

出迎えてくれるのは長男と次男を除いた４人だろう。

伯母様は「全員味方」と言ってくれたが、精査したところ次男の妻はお母さまの〝天使効果〟による婚約破棄関係者の親戚だった。

対応に気をつけなければならないと思う。

そのことが判明したのでホテルを予約しようとしたが、祝賀会の開催のためかどこも満室で、当初の予定通りタンド公爵家帝都邸にお世話になることとなった。

皇城の近くのタンド公爵家帝都邸に到着したのは、凱旋門から数十分後──

帝都の規模でこの帝国がいかに栄えているか分かる。邸宅の敷地の広さ、建物の大きさは、ラッセル公爵家王都邸の１・５倍ほどだ。さすが帝国だ。護衛の手を借り馬車を降りると伯母様自ら出迎えてくれた。

「エリー、いらっしゃい。待ってたのよ。皆に紹介するわ」

「お世話になります、伯母様。公爵様はどちらに？」

「気になってるのに格好をつけて執務室にいるのよ。朝からそわそわしてて。今、お部屋に案内させるから、サロンで会いましょう」

「ありがとうございます」

使用人に案内されて客室に入ると旅装を解く。マーサがすぐに身だしなみを本格的に整えてくれる。

「では、行きましょうか」

「はい、エリー様」

客室を出てサロンへ向かうと、円卓に5人が待ち受けていた。

あれ、1人多い。長男か次男が非番だったのかしら。

観察しながら着席する前に、皆に向かいお辞儀をする。

「タンド公爵閣下。お初にお目にかかります。エリザベス・ラッセルでございます。このたびはお招きありがとうございます」

深いお辞儀を優雅に行うと壮年男性の声がかかる。

「よく来てくれた。さあ、身内なのだから堅苦しいあいさつは抜きにしよう。座って話そうか」

「ありがとうございます、タンド公爵閣下」

用意されていた席に座ると、紅茶が置かれながら紹介を受ける。

若い男性は騎士団勤めの次男で、今日は非番とのことだ。やはり、と思うが、その横に座る女性の目線が気になる。温度が違う感じだ。警戒するに越したことはない。

久しぶりに標準装備となった貴族的微笑を浮かべ、勧められた上で紅茶を味わう。

「エリー。今日はハーブティーでなくてごめんなさいね。おいしくて切らしてしまったの」

「いえ、とんでもない。マスカ産のファーストフラッシュ、とてもおいしゅうございます」

なめられないように(特に女性陣)、さりげなく産地名を当てながら上品に微笑む。

「あら、嬉しいわ。この人も息子達も無頓着《むとんちゃく》で飲めればいいって言ったりするの。よかったらお土産に持って帰ってね」

さすが公爵家だ。

この紅茶は同じ重さの金ほどの価格値があるのだ。遠慮なくいただいておく。

お菓子やサンドイッチも実に洗練されていた。伯母様をもてなした際は領地の新鮮さを特色にしてよかったと思う。

「ありがとうございます。伯母様。我が家のレシピのハーブティー、持ってまいりました。後ほどお渡しいたします」

「まあ。ありがとう、エリー」

「おや。妻が伯母様なら、私は伯父様と呼んでほしい」

「恐れ多いですが、はい、伯父様。私のことはエリーとお呼びください」

「ああ、そうしよう。ピエール。お前とは従兄妹《いとこ》にあたるんだ。これからは仲良くするように」

「はい、父上」

見るからに指示され付き合わされて座ってる、と表情が語っている。

いくら公爵子息とはいえ、騎士団で大丈夫なんだろうか。こちらが心配になってくる。

「エリーもだよ。悪《わる》遠慮はしないこと。アンジェラの娘は家族も同然だ。お前達も承知しておくように」

はい、言質《げんち》をいただきました。息子達の妻は心からは笑っていない。いきなり現れた私に対し、何かしらの不満があるのだろう。こちらは気がつかないふりで流しておく。

「ありがとうございます。伯父様。亡き母も喜んでくれると思います」

「そうか、そうだな。そういえば父上はご息災《そくさい》かな」

「はい。手紙ですが元気にしているようです。

落ち着いたら一度領地を見にいきたい、などと申しておりました」

「それはご壮健なことだ。うらやましい。私は近頃胃が痛くなるようなことがあってね。やっと落ち着いたところだ。しかし苦労した甲斐もあった。ピエールも戦地での健闘が認められ、叙勲されることとなった。エリーも陛下に拝謁を賜《たまわ》る。いいこと尽くめだ」

伯父様。私と戦地で苦労したピエール様を一緒にしないほうがいいのに。ほら、表情が固くなった。

「伯父様。ピエール様は戦地で見事な武勲を立てられた証《あかし》でございます。私とは比べ物になりません。ピエール様。帝国を遍《あまね》く照らす太陽たる皇帝陛下もお認めになる、殊勲の星を挙げられたとのこと。誠におめでとうございます」

「あ、いいえ。こちらこそありがとう。母上から聞いたが領地もうまく切り盛りしているそうだね。その若さで見事なものだ」

あら、照れてる。気質は素直な方なのね。おや、収支報告書を見たのかな。それとも聞きかじりか。眼差しの温度が心なしか低くなった。次男の妻も続けて上げておく。

「国を護る騎士団の方々がいらっしゃってこその帝国。それを支える奥様もすばらしいお方と存じます」

「あ、いえ。そちらこそ……」

少しは頑《かたく》なさが和《やわ》らいだ気がする。やはり褒めておいて正解だ。私のことは親戚から吹き込まれてるって感じかな？　友好の手はいつでも差し伸べておきましょう。

「そうだ、エリー。大変な目にあった上、慣れない土地で苦労しているだろう。ここにいる間はせめて楽にしてなさい」

「苦労などとんでもない。代官も兼ねたアーサーがとても分かりやすい引き継ぎをしてくれました。おかげで領民達に迷惑をかけずにすんでおります」

「領民にとって平穏な暮らしが一番だ」

「伯父様。それも領主だけでは成り立ちません。より広い視野を持ち、皇城から国の未来を俯《ふ》瞰《かん》される方々がいらっしゃればこそ。伯父様やご嫡男様のおかげでございます」

「……エリーはわかってくれるか。不満顔の領主達に聞かせたいほどだ」

少し感動している感じだ。王妃教育の公務でもそんなことがありました。

『領地、領地』で〝国〟のことは考えてくれない、非協力的な方達だ。

それなのにいざ、火の粉を浴びそうになったら手のひら返しで縋《すが》るか、貴族的な言い回しで文句を思いっきり言われたこともあった。

「それもお仕事に集中できるよう支えられている、奥様のお力があってこそ。ありがとうございます。領地は皆様のおかげで成り立っております」

伯母様も嫡男妻も悪くは思っていないようだ。

とりあえず、この辺でいいかな。

「うんうん。そうだな。祝賀会が終わったら買い物にでも行くか。お前もほしい品が店に入ったと言っていただろう」

「まあ、あなた。おねだり前に珍しいこと。お約束は守ってくださいね。エリー、やはり疲れたでしょう。お夕食前まで休んだらどうかしら」

いいフリいただきました！　ありがとうございます、伯母様。

「それでは、お言葉に甘えさせていただきます。その前に、母・アンジェラの肖像画を拝見させていただけますでしょうか。

見事な額装にされたとお手紙で教えていただきましたので、一目……」

「それでは案内させましょうね。ごきげんよう、エリー」

「ありがとうございます。伯母様。皆様、ごきげんよう。失礼いたします」

今回は浅め、ただし優雅な所作でお辞儀し、マーサと共に案内する使用人のあとに続く。

おそらくは公爵夫妻の部屋近くの廊下に、その肖像画はあった。

「お母さま……」

伯母様の言うとおり、すばらしい彫刻が施された額により描かれたお母さまもより上品に見える。

微笑をたたえた意志的な口許に少しだけ芯の強さも窺《うかが》えた。

しばらく鑑賞すると客室に向かう。

「エリー様。お疲れでございましょう。夕食の時間を確かめてまいります。

よろしければ、ご入浴なさいませ」

「ありがとう、マーサ。そうしようかしら。ローズマリーのお風呂に入りたい……」

久しぶりに腹の探り合いをしたせいか、気疲れしている自覚はあった。

そこに従兄弟の騎士団員、ピエールが男性と二人、通りかかる。騎士服を着ており紹介されていない。客人なのだろう。こちらは短いとはいえ居候《いそうろう》だ。

黙礼をしてすれ違うと、しばらくして背後からカツカツと音がした。

「ちょっと待ってくれ。どうしてエリーがここにいるんだ⁉」

はあ？　いきなりの愛称呼び。許した記憶のない声なんですけどっ！

それでも貴族的微笑を浮かべゆっくり振り返ると、黒い騎士服に見事な刺繡で帝国の紋章が刺されている。

一目見て最高級品とわかる。幹部確定だ。おそらく侯爵家以上だろう。ってことは従兄弟の友人だろうけど、この類の傷、知らな……い？

「……ごきげん麗しく拝謁いたします」

しっかり思い出したが、とりあえず猫をかぶりお辞儀だ。

我が従兄弟、ピエール様。この方、なんとかしてほしいな。

「どうした、ルー」

「いや、どうしたも何も。どうしてこの女性がここにいるんだ？」

「俺の従姉妹だよ。エリザベート・ラッセル。今度陛下に拝謁したら、正式にエヴルー女伯爵を名乗ることになる……」

え？　名前が違うでしょう。

まだ正式にはエリザベスよ。

そりゃ帝国風にはエリザベートですけど？

ピエール、あなたもピーター、ピエトロ、ペドロって呼んで差し上げようかしら？

「そうか、それでエリーか。話しただろう？　母上が気に入った茶葉の件。修道院の院長に聞いてもはっきりしたことは教えてくれなかったんだ。ああ、楽にするといい。俺はルイス。騎士団に所属してる。君の従兄弟とは帝立学園で同じクラスで、今は騎士団の同僚だ」

やっとお辞儀の姿勢から解放され背筋をまっすぐ伸ばし、貴族的微笑で相対する。

「さようでございましたか。奇遇でございますね。このたびは騎士団の栄《は》えある武勲により、護国の勤めを果たしていただき感謝申し上げます」

「名前は呼んでくれないのか？」

よく見たら階級章がこの若さで将官以上でしょう？　高位貴族の子弟確定だ。

いや、それ以上もありえる。ほいほい呼べるものですか。

「お呼びするお許しをいただいてはおりませんので」

「では許そう。申し訳ない。俺も勝手に呼んでいた。エリーでいいか？」

え!?　いきなりの愛称呼び？　この容貌だとかなりモテる。今回の滞在と社交、平穏に終わらせたいのに、無理無理無理無理。

「恐れ多うございます。エリザベスとお呼びください。ルイス様」

「仕方ないな。わかった。遠路、疲れていたところを引き留めて悪かった」

「とんでもないことでございます。私こそご尊顔を失念しており申し訳ございませんでした。それでは失礼いたします」

ごめんね、マーサ。ずっとお辞儀させてて。マーサにもローズマリーのお風呂に入ってもらおう。

それとも筋肉痛のマッサージクリームがいいかな。さっさと行こう。そうしよう。

私は令嬢として楚々とした風情《ふぜい》を保ったまま、淑女としては最高速度で、彼、いやルイスから離れる。

客室に入ると鍵を閉めベッドに倒れ込む。枕を口に押し当て思いっきり叫んだ。

「そっちこそ！　どうしてここにいるのよ～～っ！」

マーサに叱られたのは言うまでもなかった。

◇◆◇◆◇

夕食と呼ぶには豪華な晩餐《ばんさん》——

3組の夫婦と私が囲む食卓に、とりあえずルイス様がいなくてよかった。

とてもおいしい食事を会話と共に味わう。午後のお茶会の成果か歓迎ムードが強い。

次男妻のお母さまへの感情は、さほど強いものではないようだ。

ただ妹を溺愛していた伯父様を前に出せないだけかもしれない。要注意だ。

次男はお茶会で褒めあげたのが効いたのか友好的だ。

嫡男にも『お疲れ様です』モードを前面に出し領地運営にさらっと触れたら、私の印象が変わったようだ。

食後に出た我が家のレシピのハーブティーも好評だった。

「実は母・アンジェラの創意工夫によるものなのです。エヴルー伯爵領でも研究を続け、『天使の聖女修道院』の方々とも協力し研鑽《けんさん》を積んでいた、とアーサーや院長様が記録簿を見せてくださいました。ラッセル家でも父の慢性的な胃痛のために、かかりつけ医に相談の上、レシピを考え父は今でも愛飲しています」

「まあ、そうだったのね……。そういえばアニーも精神的な苦痛のせいか、頭痛や胃痛に悩んでいたわ」

「そうか。苦労をかけた。ラッセル殿とは本当に想い合っていたのだな……」

伯父様と伯母様は感無量といったところだ。

さっそく胃痛に効能のあるレシピのハーブティーを、と伯父様から求められ、かかりつけ医にお許しを得ていただいた上で帰領次第に、とお約束する。

晩餐でもなかなかな収穫だ。マーサのケアを受けころんと熟睡した。

◇◆◇◆◇

翌日――

さすが公爵邸だ。飲食物が本当においしい。食器も価値のある品をさりげなく日常使いしている。

マーサから「サイズが変わるので少しお控えください」と警告が出た。帝都では領地ほど動けない。節制しよう。

今日は仮縫いの日だ。男子禁制にしたサロンで私はただ指示を聞くトルソーとなる。

マダム・サラはお針子さん達を引き連れて風のように現れ、仕事を見事にこなすと風のように去っていった。

予定が詰め詰めのところに（伯母様が）無理を言ってごめんなさい。

マーサと相談し、マダム・サラのお店へ帝都で評判の焼き菓子を差し入れてもらうよう、公爵邸の執事にお願いする。もちろん費用は私持ちだ。

祝賀会には伯父様と伯母様と一緒に入場し、一番最後に謁見させていただく、という段取りだ。

執事長に頼み公爵邸の大広間で練習しておく。1回目で合格と言われた。これは慣れだ。念のため数回行う。

問題はダンスのパートナーだ。現在最も妥当なのは伯父様なので「本番までに一度は踊らせてください」とお願いしておいた。

ぶっつけ本番でも踊れるけれど、一度くらい合わせて癖などを確認しておきたい。

帝都の新聞を読み叙勲・叙爵の面々を暗記する。しっかり次男の名前もあった。必死だったんだろう、と改めて思う。痛ましくも戦死による叙勲もある。これは遺族が受け取るのだろう。名誉だけでなく遺族恩給も上がる。せめてもの償いだ。

と同時にまだ婚約者だったころ、公務で慰問した救貧院に昔の戦闘で片足を失った元兵士のご老人がいたことを思い出す。

一歩間違えれば死と隣り合わせだ。

交流のなかった従兄妹とはいえ無事に帰ってこれてよかった、と改めて思う。

新聞記事を何度か確認しても、叙勲・叙爵の欄にルイスの名前はなかった。

あの頬の傷は古くはなかった。今回の紛争で負ったものだろう。

どうして彼の身分で、と思うが、何かしらの事情があってのことだろう。

首を突っ込まないに限る。好奇心で殺される猫にはなりたくない。

◇◆◇◆◇

午後は伯母様主催のお茶会だ。

招待客のリストを前もって見せられた。社交界に影響を持つ方々がずらりと並ぶ。采配《さいはい》が実に見事でお母さまの〝天使効果〟の被害関係者はいない。

あいさつし自己紹介を受けると、すぐにハーブティーの話題になった。

『天使の聖女修道院』のハーブティーを手に入れたいとのご希望で、「院長先生にお話しておきます」と答えておく。

しかし遠くない将来に品薄になるのは目に見えている。ハーブ専門栽培地を作らなければ、と受け答えをしながら考える。

ファッションの流行関連の次の話題は私の婚約解消についてだった。

隣国とはいえ、なにぶんにも王太子がお相手である。

皆様興味津々《しんしん》で尋ねてくるが公式見解に合わせて答えるのみだ。

「殿下とは6歳からの婚約で10年以上のお付き合い。家族に近い存在でした。そこに新鮮な市民感覚を持った女性と王立学園で出会い、殿下のお気持ちが傾いていきました……。王家に輿入れすれば、側室や愛妾の方々とのお付き合いもありえます。私も覚悟はしていたのですが、それだけではなく、その女性の新しい感覚をこれからの政治にも取り入れていきたいと仰せで、話し合いの末、殿下の有責で婚約解消となりました……。ただ……そのお相手の言動が不敬に該当する場合も多く、国王王妃両陛下は婚約に反対なさり……。殿下は為政者としてのご判断により磨きをかけるために、さらなるご修養を命じられ、女性は残念ながら放逐されたとのことです。これ以上は療養していた私を気遣い、父は教えてくれませんでした」

「まあ。引き裂かれた悲恋と言うよりも若き日の過ちといったところですわね」

「恋は闇とも申しますもの。一時の気の迷いで、こんなに美しく貞節なエリー様を手放すなんて、王太子殿下ももったいないことをなさいましたわ」

「本当に噂はあてになりませんわね。エリー様はこのように優しく心が広いお方ですのに」

「いいえ、10年という歳月の間にあまりにも慣れすぎて、殿下にとって私は空気のような存在になったのかもしれません……。殿下こそお優しく婚約解消の際の有責をお認めになり、また賠償金を王都の病院に寄附するとご報告し、お許しくださいました」

より同情してもらうには相手を絶対に責めない。『いいところもあったんですよ』と言うに留めるのが無難だ。

「まあ、そうでしたの。でもお力を落とさないでね。事実と異なる風聞《ふうぶん》は消しておきましょう。

王国との関係は良好に保たなければなりませんもの。ねえ、皆様」

「本当ですわ」

「さようでございますこと」

「ありがとうございます。皆様のご厚意、ありがたくも嬉しく存じます。

今は皇帝陛下に謁見を賜り、エヴルー伯爵領を豊かにしたいと考えています」

ここで思わぬ返しが入った。

「こんなに素敵なお嬢さんなんですもの。どこかに良いお相手はいらっしゃらないのかしら？

公爵夫人？」

「本当ですわ。失恋の痛手は新しい恋が最高の良薬、と言いますものねえ」

いやいやいや。今はそういうの要《い》らないんです。領地でのんびり平穏に暮らしたいんです。

「そうでございましょう？　エリーならどんなお相手でも遜色《そんしょく》はないと、身内ながら思います
の。エリーの優しさや賢さは『天使の聖女修道院』の院長様ご推薦《すいせん》ですもの」

伯母様に裏切られた……。それともポーズって思われてたのかな。くっすん。推薦って院長
様もか～。まだまだ、貴族階級の女性の幸せ＝結婚って根強いものね。

「伯母様、院長様ご推薦とはどういうことですの？

母のころからのご縁もあり、奉仕の心でお手伝いはしておりますが……」

「まあ、エリー。謙遜して。あちらは帝室もご支援されていますが、身寄りのない子ども達を多く受け入れてますでしょう？　やはり財政的には厳しいものがございます。その窮状を知ったエリーがさまざまな提案をしましたの。院長様いわく、お菓子の魅力的な品目増加、ハーブの香辛料や入浴剤、シスターの方々による刺繍やレース編み、これは将来を考えて、子どもに教える授業の一つにしたんですのよ。ハーブを使った染色も目下研究中とか。とても上品な色合いで、私、驚きましたの。ぜひご覧になって」

ここで伯母様が封筒から小さな糸束を数種類取り出してテーブルに並べる。

あれは先々週うまく染め上がりました、と報告があった色だ。

伯母様、いつのまに？

ただ招待客の反応は上々だ。貴婦人は外しすぎない差別化が大好きだ。流行を取り入れつつも、〝皆と違う何か〟を求めてやまない。独特の優しい色合いは興味を引き順番に回覧される。

「確かにすてきな風合いですわ。どういう布地や使い方をするのか楽しみですこと。そういえばクッキーもおいしくなり、他の焼き菓子も風味豊かと聞きますわ」

「エヴルー領は牛乳だけでなく、チーズやバターがとても美味ですの。先日領地に行った時、堪能してきました。エリーは酪農もテコ入れしてますの」

「本当に領地運営の才能がおありなのね」

「恐れ入ります。若輩《じゃくはい》の身ではございますが、できることからと思い……」

「もう、エリーは本当にかわいい努力家さんなんですから。ウチの主人も目に入れても痛くないほどかわいがっている姪《めい》っ子ですのよ。そんなウチの人が胃痛に悩まされていると知ると、お父上のラッセル公爵閣下ご愛飲のハーブティーを、かかりつけ医が許してくれれば送ってくれると申し出てくれました。帝都で噂のハーブティーも販売を提案したのはエリーですの」

「まあ、そうでしたの」

「あの、エリー様。私にも悩みがあって……」

「私も実は……」

ここからは、招待客の体調相談、美容相談となり、『第一は医学で』と念押しした上で、かかりつけ医に許可を得ることを条件にお悩みを聞き取る。

圧倒的に美肌のことが多いが他にもいろいろあった。貴婦人も大変なのだ。

帰領後にお返事を差し上げることを約束した。

◇◆◇◆◇

お茶会の後、伯母様の部屋で人払いをして少し報告と相談をする。伯母様は話を聞いた上で同意してくれた。これでひと安心だ。

客室で休んでいると侍女が私を呼びに来た。訪問客でルイス様、と伝えてくる。約束もしてないし先触れの知らせもない。

「ピエール様とお間違いではなく？」

「いえ、エリザベス様との仰せで……」

侍女も困っている様子だ。仕方ない。

「では、用意してからまいります、と伝えてくれますか？　それと、このことをすぐに伯母様に知らせてください」

「かしこまりました」

急いでマーサと身だしなみを整える。お茶会のドレスをまだ脱いでなくてよかった。

失礼のない姿でサロンへ行くとルイス様が一人座っていた。今日は黒のフロックコート姿だ。

入室するとハッと顔を上げる。最初に会った時も黒を着ていた。確かに似合うとは思う。

「お待たせいたしました。エリザベス・ラッセルでございます」

「ああ、急に訪ねてすまない。座ってくれ」

「ありがとうございます」

お辞儀を深々とした後、所作に気をつけて座る。マーサは壁際に控え立っている。

『絶対に二人にしないでね』と堅く約束した。

パーラーメイドが紅茶を入れ同じく壁際に控える。

「今日は先日のハーブティーをお願いに来たんだ。母がとても気に入って飲みたいと言ってる」

やはりそうか。私は丹田《たんでん》に力を入れ貴族的微笑でゆったり答える。

「お母様思いでお優しいのですね、ルイス様。ただ私はまもなく正式にエヴルー伯爵を叙爵されますが、元は隣国の者。そんな私がルイス様のお母様のお口に入るものをお作りしてよろしいのでしょうか？」

ルイス様の顔に抑制された驚きが見える。

さすがに帝都では身分らしい振る舞いをするようだ。声が少し低くなる。

「……いつから知ってたんだ。院長もだが、公爵家内にも昨日のうちにピエールを通して口止めはしたんだが」

「やはりそうなのですね」

ルイス様がガタッと音を立てて立ち上がりかけ、また座る。

「……試したのか？」

「とんでもないことでございます。尊いご身分の方に失礼があってはなりません」

「いつ知った？　いつからなんだ？」

「最初からお召し物やお振る舞いで、高位貴族の方だとは思っておりました。確信したのはルイス様というお名前と、騎士団の階級章でございます。帝国の第三皇子殿下が騎士団に所属されていると聞き及んでおりました。また、あちらの修道院はよほどの繋がりがないと、関係者以外の埋葬は難しゅうございます。元々帝室とは篤い保護を受けてきたご関係。念のためタンド公爵夫人にもあなた様のことはお聞きしました」

王妃教育の賜物だ。近隣国の王族と高位貴族・外交官については叩き込まれましたとも。まさか頰に傷を作ってるとは思わなかったけど。皇族の騎士団所属は名誉職がほとんどだ。

「口止めは役立たずか……」

「公爵夫人が仰らなくとも時間の問題でした。侍女に帝室の方々の姿絵を購入してきてもらう予定でしたので」

「そこまでやるのか!?」

「はい、いたします。私は新参者の女伯爵です。後見役のタンド公爵家にご迷惑はかけられませんし、領地も領民も守らねばなりません。軽々しく帝室の方々に近づいてよい立場ではございません」

あなた抜きの皇妃陛下なら大歓迎だったけど、あなたが付いてくるなら差し引きでマイナスだもの。

紛争の隠れた英雄、人気の皇子様にわけありの新参者が接近なんて絶対嫉妬の嵐だわ。せっかく悪役のイメージを払拭《ふっしょく》しつつあるのに。

「たかが第三皇子だぞ。スペアのスペアだ」

ルイス殿下がぷいっと横を向いて答える。子どもか。

「ご自分をそのように仰るものではありません」

「本当のことだろう？」

ここで私は深呼吸する。はっきり言わないと通じないようだ。

「ルイス皇子殿下。不敬をお許しいただけますか？」

「不敬？　構わん。戦場ではいちいち言っておれん」

「では恐れながら申し上げます。皇族の方々にはなすべきことがございます。

お生まれになって以降、そのお身体も流れる血汐《ちしお》も国民の血税からできていらっしゃる、誠に尊い御身《おんみ》でいらっしゃいます。かしこくも皇帝陛下の御位《みくらい》にお座りになる方以外にも、藩屛《はんぺい》としてのお役目がございます。ご自分でもわかってはいらっしゃるのでしょう？　戦地での獅《し》子奮迅《ふんじん》のご活躍による叙勲も叙爵も全てご辞退なさったと、タンド公爵夫人にお聞きしました。

これも皇位継承を巡っての無為《むい》な争いを引き起こさないためのお考えかと存じます。

ふんぞりかえる必要はございませんが、どうか卑下《ひげ》はなさらないようお願いいたします。

ルイス皇子殿下の部下の方々が不憫《ふびん》でございます」

「私の部下達が不憫だと？」

眉尻が少し上がる。自分はともかく部下は悪く言われたくないようだ。

「はい。皇帝陛下に忠義を誓い、知将である皇族のお一人が上官となり、実に誇らしくお思いのはず。号令一下、命もいとわずにお働きになる大切な方々でございます。先ほどのような物言いをされた時、部下の方々は同意されましたか？　複雑な表情をなさっていませんでしたか？」

「……」

「子どもの時はいざ知らず、ルイス皇子殿下はもう成人なさっていらっしゃいます。どうかいじけたりひねくれたりせず、彼らの誇りを大切に遇し、ふさわしいお振る舞いをなさいますよう、臣下の一人として、深くお願い申し上げます」

私は黙礼しそのままの姿勢を保つ。長い沈黙が流れる。マーサとパーラーメイドの緊張が伝わってくる。巻き込んでごめんなさい。

「ふう……」

ルイス殿下の大きく深いため息が響く。

「……すまない。俺の悪い癖なのだ。もうこの年なのにな。エリーの、いや、エリザベス嬢の言うとおりだ。こちらこそ申し訳なかった」

私に頭を下げるルイス殿下に心中慌《あわ》てる。わかってくれたらそれでいいのに。

ついでに身分にふさわしく、私にちょっかい出すの、やめてほしいだけだ。

「ルイス皇子殿下。臣下に謝るものではございません。先ほどのお言葉とこれからのお振る舞いで充分でございます」

「そうか……。君、悪いが公爵夫人を呼んできてくれないか？」

ルイス殿下がパーラーメイドに命じる。怒ったり不快感はないようだが、なぜ伯母様を呼ぶ？

不敬に問わないって言ったのに！

「は、はい。かしこまりました」

依頼を受けすぐに伯母様が現れ同席する。

「どうなさいましたの、ルイス様」

「夫人。もうバレていた。いつもどおりでいい」

「まあ、殿下。お早かったこと。それで何かありまして？」

「いや、まあ。俺の悪い癖で、ついひねくれた卑下した物言いをしたら、エリザベス嬢が諫言《かんげん》してくれたんだ。もちろん不敬の許可をとった上でだ」

「……さようでございましたか」

伯母様は心配そうにこちらを見やってくれる。巻き込んでごめんなさい、伯母様。

「夫人。俺は納得したし、謝罪をしようとしても、気持ちと振る舞いで充分と言ってくれてるんだ。ただそれでは俺の気がすまない。エリザベス嬢は皇城祝賀会で陛下に謁見するのだろう？」

「さようでございますが……」

「その時のパートナーを務めよう。公爵と夫人が付き添う予定なんだろう？　正式には男性がエスコートするはずだ」

えーーーー!?!?　何言ってるの、この方!?

どうして、何があって、そうなるの!?

「まあ。殿下がエスコートを？　皇帝陛下と皇妃陛下のお許しがあれば、後見役の我が家としても不服はございません。ふふふ。美しいエリーのエスコート役となれば、叙勲を譲られた方々もご納得されるでしょう」

「とにかくよろしく頼む。諫言がなくても元々申し込みに来たんだ。皇妃陛下に督促《とくそく》されてね。パートナーを申し込みついでに、ハーブティーの茶葉をもらってこいってさ」

「まあ、皇妃陛下もお望みですの。マーサ。すぐに持ってきてちょうだい」

「かしこまりました」

「エリーもよかったこと。あの人は喜んでたけど、本当はふさわしい男性のエスコートがマナーですものね。おめでとう、エリー」

「……伯母様」

涙目で見ても、うんうんと頷くのみ。申し出を受けなさいって意味ですね。

皇族だから、いくら公爵家の縁故でも断れませんよね。このために伯母様を呼んだのか。外堀どころか、内堀、埋められた。ハイ、ワカリマシタ。

「……ありがとうございます、ルイス皇子殿下。帝国の輝ける星たる第三皇子殿下のお申し出、臣下として誇らしくお受けいたします」

私は貴族的微笑全開で、右手を心臓の上に当て皇族への忠誠を誓いながら了承する。

ものすっごく不本意だけど仕方ない。このポーズは臣下として承ったって意味だからね。通じてるといいけど。


その後、段取りの練習やダンスの打ち合わせの日程まで伯母様がさっさと決めてしまった。

わかってるけど八方塞がりだ。逃げ道なし、やられた。

ルイス殿下はマーサが持ってきた茶葉を喜んで受け取り、皇城に帰還する。

私は伯母様同行で伯父様にも説明する。伯父様はしゅんと肩を落としてた。私もがっかりだ。

客室に戻り深いため息をつく。

「ふう。どうして、こうなっちゃったんだろう……」

またもやベッドの枕相手に愚痴《ぐち》をこぼす破目《はめ》となった。

4章　悪役令嬢の戸惑い

紛争勝利記念の皇城祝賀会当日――

ここにくるまでいろいろありました〔遠い目〕。

ノリノリのルイス殿下相手にタンド公爵邸の大広間で式典の予行練習をしたり、ダンスを合わせたりした。意外にも気遣いの人で式典の歩幅もきちんと細かく合わせてくれる。

ただダンスは力が強すぎる。

力技の動きや遠心力とかが半端《はんぱ》ない。そこもお願いし調整するとかなり踊りやすくなった。

「驚いたな。こんなに踊りやすいのは初めてだ」

「ルイス皇子殿下が加減してくださったおかげですわ」

「いや、エリザベス嬢が工夫してくれたからだ。女性に負担はかけたくない。ましてや君は式典があるんだ。まだあるなら遠慮なく言ってほしい」

あんなに子どもだったのに大人になっちゃって。

でも言ってることは確かなのでご厚意に甘え、王妃教育のダンスに従いご協力をお願いした。

ついてきてくれてありがとう。

伯母様のお心遣いか、練習のあとは『ご苦労様でした』のお茶会だった。

いや、要らないって思ったけど仕方ない。

話題はもっぱら私についてだ。婚約についてから、王国や王家について、好きなことや帝国でやりたいことまで。釘を刺しまくりつつ、情報公開は少しずつが基本だ。

王妃教育で知ったことをペラペラ話せないもの。

お母さまのことも聞かれ一通り事情は説明した。皇城祝賀会でエスコート中にトラブルに遭う可能性もあるためだ。〝天使効果〟について説明すると「そんな事象が……」と絶句していた。

だがすぐに「大変なご苦労をされたと思う。ほんの少しだけ似た体験をしたこともある。そうか、そうだったのか……」と納得していた。

『似た体験ってなんだろう』と思ったが、この容貌なら、好きでもない相手に追いかけ回されたこともあるのだろう。そう思い深くは聞かなかった。

何度も聞かれたのはアルトゥール殿下への気持ちだった。

「もう過去のことです。故国の王族のお一人として父が支えるべきお方です。私には何もできません」

「10年以上婚約してたのにあっさりなんだね」

「それは、されたことがことですし？　ルイス皇子殿下、ご存じですか？　失恋の痛手やその後の捉《とら》え方などは人各々ですの。男性女性関係なく。貴族女性は別れた後も嘆き悲しむと、お芝居の筋書きや恋愛小説などにはありますが人によります。私は婚約解消のお話し合いで、伝えるべきことは伝え、前を向くと決めました。あの方に元臣下としての気持ちはあっても、それ以上の感情はございません」

「その伝えるべきことっていうのは？」

私は思いっきり冷たい眼差しを向ける。

「……悪い。口がすべった。君の大切なプライバシーだ」

「お考えを改めてくださり、ようございました」

こんな調子だったが、最後の練習日には花束を持ってきてくれた。

ルイス殿下の大きな手に収まるような愛らしいハーブの花束、タッジー・マッジーだ。

「皇城の庭師に頼んでたんだ。君はハーブが好きだからこういうのがいいかなと思って」

お詫びと言いつつプレゼントの瀬踏みもあったので、徹底的に潰しておいた。

しかし花に罪はない。爽やか、かつ甘い香りが漂う。つい素直な笑顔で受け取り香りを楽しむ。

「ありがとうございます、ルイス皇子殿下。何よりの贈り物ですわ。嬉しゅうございます」

ルイス殿下を見上げると口許を押さえ、耳がほんのり赤くなっている。今日も黒のスーツだし暑かったのかしら。

「……だったら、よかった。練習しようか」

「はい、ありがとうございます」

客室に飾られたタッジー・マッジーは、皇城に出発するまで私の心を慰めてくれた。

◇◆◇◆◇

私とルイス殿下の入場は最後に近い。後ろから数えて4番目だ。

伯父様が心配して公爵家の入場まで側にいてくれていたが、伯母様に引っ張って行かれた。

控え室には、皇帝陛下と皇妃陛下、皇太子殿下と皇太子妃殿下、第二皇子殿下とその婚約者令嬢という、錚々《そうそう》たる顔ぶれがそろっていた。

皇帝陛下から序列順にお辞儀しながらごあいさつすると、皇妃陛下からはさっそくハーブティーのお礼を言われる。

今までで最高値の猫をかぶっておく。ルイス殿下との差し引きマイナスはできるだけ小さくしておきたい。

そんな中、知り合いがいた。

外遊で王国にいらしたこともある皇太子殿下だ。

「こうしてお目にかかる日が来ようとは。人生わからないもんだね。ラッセル公爵令嬢。いや、もうすぐエヴルー卿か」

「帝国の煌《きら》めく北辰《ほくしん》たる皇太子殿下、帝国の芳しい薔薇である皇太子妃殿下にごあいさつ申し上げます。エリザベス・ラッセルでございます。遅くはなりましたがご成婚おめでとうございます。このたびは若輩ながら叙爵くださることとなり深く感謝いたしております」

「うん。そういうのいいからルイスをよろしくね。コイツ、まだ婿《むこ》の貰《もら》い手が決まってないんだ。だったらって、今回で叙爵しようと思ってたのに全力で断ってくるしさ」

相変わらず気心が知れるとフレンドリーになるが、これ以上どう『よろしく』しろと？

私が聞きたい。

「兄上、いえ、皇太子殿下。どうかそれぐらいで……。エリザベス嬢が困っています」

「王国での外交時には殖産興業に目を輝かせ、質問されても見事に対応し切り返していたあなたが〝困る〟ねえ。まあ、エヴルー領をよろしく。期待してるよ」

「はい、承知いたしました。帝国のためにも、領民のためにも、奮励努力いたします」

次にあいさつした第二皇子殿下は初対面だが態度が冷たい。いや、ルイス殿下とか。

婚約者の侯爵令嬢はやや戸惑っている雰囲気だった。幸いなことにこの方は〝天使効果〟とは無関係だ。

第二皇子殿下は側室腹で、皇太子殿下とルイス殿下は皇妃様腹だ。

おまけに第二皇子殿下とルイス殿下は数ヶ月違いの誕生日で、兄とはいえ同い年だ。

その弟が表立ってはいないが、戦果を上げた。良い気持ちはしないだろう。

二人のご側室は今回はお出ましせず、第四皇子第五皇子両殿下はデビュタント前で成年とみなされず、今日はいない。

入場前にすでに疲れたがルイス殿下が気遣ってくれる。

部下に慕われるのもこういうところがあるからだろう。

うん、いい漢《おとこ》だね。

王国では騎士団の訓練にも参加したから、上官の部下への配慮の有無で士気に大きな違いが出るのは肌で知っている。

私もがんばろう。ルイス殿下に恥はかかせられない。

◇◆◇◆◇

皇族としては最初の入場だ。

それなりに目立つ。

「帝国の輝ける星たるルイス第三皇子殿下、並びにエリザベス・ラッセル公爵令嬢のご入場です」

エリザベス・ラッセルという名前とも今夜でお別れだ。

不意に感傷が襲ってくるが心の底に封印だ。開かれた扉からゆったりと入場する。

丹田に力を込め、マーサが金髪を美しく結い上げてくれた頭から、ドレスの裾にまで神経を使い、ルイス殿下のエスコートを受け優雅に歩く。

黒い夜会服姿のルイス殿下も場慣れしていて堂々としたものだ。

マダム・サラの工房によるドレスは着心地が良く見事な出来栄えだ。

緑のグラデーションに、トップスを彩るは繊細なレースと、そこに咲いているかのようなカモミールの刺繍だ。

歩くたびに金色の麦穂が裾で揺れる。

エメラルドとダイヤモンドもシャンデリアの光に美しく輝く。

太陽の下、麦畑に吹く風を浴びているようで気持ちが良い。

会場からの注目を浴びても、伯母様の心遣いのドレスに、お父さまの気持ちのこもったエメラルドのパリュールが背中を押してくれる。

それに王太子の元婚約者として私も良い意味で場慣れしていた。

おかげで入場も無事に終え指定の位置に立つ。

3組の皇族方の入場を終えると、紛争勝利記念式典の始まりだ。

身分の順で叙勲または叙爵・陞爵《しょうしゃく》されていく。皆、誇らしげだ。

遺族であっても、亡き夫、亡き父のため、この場だけかもしれないが胸を張っていた。

そして恥ずかしながら最後に、私の謁見と叙爵だ。

帝国の繁栄を体現し、威厳と豪奢《ごうしゃ》に溢れた装いの皇帝陛下の御前に進み出て、儀礼官の言葉を聞く。

「エリザベス・ラッセル公爵令嬢。このたびエヴルー女伯爵に叙し、エヴルー伯爵領、及び、エリザベート・エヴルーの名を授ける。帝国のため忠心を尽くすように」

「エリザベート・エヴルー。帝恩を賜り恐悦至極にございます。謹《つつし》んで承《うけたまわ》ります」

定型のやり取りも自分のこととなれば感慨深い。前に進み出て、皇帝陛下より任命書を挟んだ革の書類挟みを恭《うやうや》しくいただく。

優雅に見えるよう元の位置にまで後ろ向きに歩いた後は、侍従に従いタンド公爵夫妻の許《もと》へ行く。

この後、皇帝陛下の短めだが心に響くお話があり、皇太子殿下が乾杯のあいさつをする。

グラスに注がれるのはシャンパンだ。

通常は赤ワインだが、血の連想を避けたのかもしれない。

芳醇《ほうじゅん》な香りと軽やかな気泡にうっとりしつつ、皇太子殿下の「乾杯！」のお声に、あちこちで「乾杯！」と唱和し、出席者はグラスを掲げて賞味する。

うん、とってもおいしい。

楽団の音楽が始まりここからは歓談の場だが、まずは皇帝皇妃両陛下のファーストダンスだ。

実に優雅で息もぴったり。周囲からも「素敵だこと」「お二人ともいつまでも仲睦まじくいらっしゃる」などと感嘆の声が聞こえてくる。貴婦人達はファッションリーダーでもある皇妃陛下の装いに釘付けだ。

二人のご側室がいるが、皇帝陛下は皇妃陛下に寵愛を注がれていると言われている。

何せ、長男、三男、五男の母君なのだ。ご側室はお一人ずつ、次男と四男。皇帝陛下もお疲れ様です。

次は皇太子皇太子妃両殿下だ。実に華やかでいらっしゃる。まだご成婚1年の新婚でその甘い雰囲気が伝わってくる。控室でもでれでれでした。

豪奢なシャンデリアの下、どちらも出席者から盛大な拍手を浴びる。

この後は、ダンス、歓談と別れる。私は伯父様と伯母様にくっついて、公爵家エリアで歓談の輪に溶け込もうとする。たとえ人物紹介の嵐でも。

貴族年鑑と騎士団幹部リストに目を通しておいてよかった。

伯母様と伯父様はあいさつに来た方々に私を紹介してくれ、お祝いの言葉を頂戴する。

お礼を申し上げると同時に、ご家庭、もしくは領地のお祝い事を一言添える。

これも王妃教育のおかげだ。知識に関しては努力は裏切らない。

あ、でも大元にものの見事に裏切られたんだった。と、過去過去過去。

目の前の方々に貴族的微笑で対応していく。

ドレスやパリュールを褒めてくださる方も多く、そのたびに伯母様がマダム・サラのセンスと私の着こなしを褒めてくださる。

なるほど。これで持ちつ持たれつなわけですね。無理を利かされた分を広告で取り戻す、と。

とあるご夫人が、そのマダム・サラから聞いた、と話題に上げる。

「エリザベス嬢、いえ、エヴルー卿が『ドレスの調製でご負担をおかけして』と、とてもおいしいお菓子をお針子達に行き渡るほど差し入れされたとか。何よりお気持ちが嬉しいと仰ってましたわ」

「お忙しい中、ご都合をつけてくださったのでほんの気持ちです。お疲れの時には甘味が一番ですもの」

「まあ、本当にお優しいのですね。公爵夫人」

「えぇ、さようでございましょう。自慢の姪なのです。ところで……」

微笑の下、友好関係を着々と築いているところにルイス殿下が現れた。予想どおり周囲のご令嬢達の視線を一斉に浴びる。

ここまで、伯父様と伯母様、ごあいさつの方々によりガードされてきたのになあ。やっぱり踊らなきゃダメだよね。帝国でのデビュタントだしこれも領地のためだ。エヴルー卿はダンスの一つも踊れない。王国の王太子に婚約解消されて当たり前だ。なんて言わせませんとも。

「金の花のようにお美しいエリザベート嬢。あなたの帝国でのファーストダンスのお相手をする名誉をいただけますか？」

皇子様が皇子様らしく、見事なボウアンドスクレープで申し込んでくれる。

「帝国の輝ける星たるルイス第三皇子殿下。名誉あるお誘い、誠にありがとうございます。

謹んでお受けいたします」

深く優雅なお辞儀で応え、ルイス殿下にエスコートされる。

ダンスフロアになっている中央へゆったりと進み互いにあいさつした後、流れるワルツに合わせて踊り始める。

ホールドの加減もよく本当に踊りやすくなった。真珠が施されたウエストからAラインに広がるスカートが、金の麦の穂波を連れてくるようだ。

「楽しそうでよかった」

「楽しいですもの」

「このダンスも？」

「もちろんですわ。本番で楽しまなければ練習がもったいないでしょう」

「本当に綺麗だ。君に似合うサファイアを贈りたかったよ」

「まだ父の愛に包まれていたいのです。いろいろとありましたので。ルイス皇子殿下もすてきですわ」

そうなのだ。自分のカフスとネクタイピンをエメラルドにして良いか、とルイス殿下に聞かれ、速攻、叩き落とした。

私が全方位な嫉妬を受けて社交的な籠城《ろうじょう》に追い込まれてもいいのか、と尋ね、説明し断念させた。

ルイス殿下には、はっきりと伝えることが肝要《かんよう》だ。

それでも伯母様に何か尋ねていたが、「まだ早いのではないかしら」とやんわり言われていた。

「とりあえずは順調？」

「今のところは」

「このあと皇妃陛下に連れてこいって言われてるんだ」

「……それはご命令ですよね」

「ごめ……」

「謝らないでくださいませ。エヴルー領のこともございます。ただ一つお約束を。伯母様の許に必ず送り届けてくださいますか？」

「わかった。誓うよ」

「かしこまりました」

ワルツの音楽が終わり互いに礼をする。拍手をいただく中、ルイス殿下は私をエスコートし皇妃陛下の許へ連れていく。

衆目を浴びるのには慣れている。

堂々と、優雅に、凛として、前を向こう。

◇◆◇◆◇

皇妃陛下にお辞儀と共にごあいさつをすると、笑顔で迎えてくださる。

皇帝陛下のご寵愛が自信と地盤を生み固め、より美しい表情と装いを生み出している。

同性の自分から見ても実に魅力的だ。

「エヴルー卿。今夜はおめでとう。ルイスの相手までしてくれてありがとう」

「帝国の麗しい月である皇妃陛下に、もったいないお言葉を頂戴し身の誉《ほま》れでございます。

ルイス皇子殿下は臣下を思い遣ってくださいます。まだ慣れぬこの身にお慈悲を賜ってくださいました」

「ふふふ……。ルイスのダンスもうまくなったと見ていたのよ。エヴルー卿のおかげでしょう。とてもお上手だこと。そうそう。以前、院長様を通じていただいたハーブティー。同じものを頼みたいの。よろしいかしら」

「誠に恐れ入ります。侍医の方々のご意見はいかがでしょうか」

「大丈夫よ。確認したわ。体質改善には良さそうなので逆に勧められたくらいよ」

「かしこまりました。ありがたく贈呈させていただきます」

「あら、正当な対価は払ってよ。長く使いたいの。体調管理も皇妃の大切な務めですもの」

ここまでのやり取りを聞いていた周囲が小さくざわめく。

私のハーブティーが皇妃陛下の御用達《ごようたし》になった。

それも贈呈ではなく対価を支払う取引相手だ。しかも侍医のお墨《すみ》付きで皇妃陛下の将来にわたるご愛飲も確定した。

ありがとうございます、皇妃陛下。一生お仕えします。

心中は感極まったが皇妃陛下の1分は重い。公式では秒刻みだ。

帝室儀礼に則《のっと》り礼儀正しく御前から下がると、深呼吸を静かに繰り返す。

「エリザベート嬢でも緊張するんだね。お疲れ様」

「人間ですもの。ご存じでした？」

「もちろん。実に魅力的な女性だ。今日のドレスもパリュールも、あなたの美しさを引き出してるよ。マダム・サラとラッセル公爵閣下がうらやましいくらいだ」

「父とマダムにはルイス皇子殿下のお言葉をしっかり伝えておきますね。それではお約束どおり、伯母様の許へお願いいたします」

「了解。皇妃陛下とのことは公爵夫人にも報告しないとね」

それでも今回の紛争勝利の立役者の一人だ。進むたびに声をかけられ、多少歓談してからまた進む、の繰り返しだ。私は横で貴族的微笑を浮かべ、貴族年鑑と騎士団幹部リストを頭の中でめくりながら、適切な受け答えを繰り返す。

1組の騎士団関係のご夫婦と短い歓談を終えた後、人の間を進んでいると、背後から嫉妬の眼差しよりも強く怪しい気配がした。憎しみに近い視線だ。

私がさっと身を躱《かわ》すと同時に、ルイス殿下が私を庇《かば》いひらりと前に出ていた。背中で私を守ってくれている。その腹部から下は赤ワインでびっしょりだ。

「ル、ルイス殿下？　ま、誠に申し訳ございません！」

「マギー伯爵夫人。酔いが回られたかな？　足元がおぼつかないようだ」

「は、はい。さようで……」

「休憩室で休まれるといい。そこの君。タオルをくれないか？　黒にしといてよかったよ」

警備の騎士に連れられてマギー伯爵夫人が会場を出ていく。私に対する眼差しには、抑えられた複雑な感情が見え隠れしていた。

酒精は人の自制心を緩める。出来心だろうが最悪の結果となったわけだ。

複数の給仕が、ルイス殿下の夜会服の赤ワインの汚れをタオルに染み込ませ取っていく。

「エリザベート嬢の美しいドレスに被害がなくてよかった。いや、エスコート中に汚されたら騎士の名折れだな」

ルイス殿下が周囲に聞こえるように独りごちる。

つまり私に手を出せば、自分から反攻されるか、恥をかかせるということだ、と言っている。

周囲のご令嬢達は、「なんてすてきなんでしょう」「あの身のこなし、お強いのは評判のどおりですのね」などと、さえずっている。

そこに伯母様と伯父様が現れた。

騒ぎを聞きつけたようで伯母様が私を抱きしめ、身の安全を確かめるように両腕をさする。

「エリー、無事なようね。本当によかったわ。あなたが騒ぎに巻き込まれたって聞いて心配で……」

「殿下。この匂いは赤ワインですかな」

伯父様は、絨毯に広がるシミとルイス殿下から漂う赤ワインの強い香りに、何があったか察知したようだった。

「酔いで足元がふらついたご夫人がいてね。エリザベート嬢も自分で見事に避けてたんだが、その前に私が動いてしまってたんだ。エリザベート嬢は悪くない」

「姪を救っていただきありがとうございました」

「そんな大袈裟《おおげさ》なことじゃない。これくらいできなきゃ騎士団員失格だ。団長からドヤされる」

「どうか休憩室でお召し物をお着替えください。エリーは確かに私どもと共におりますので、ご安心を」

「わかった。確かに匂いだけで酔いそうだ。エリザベート嬢、またね」

「ありがとうございました、ルイス皇子殿下」

私は深くお辞儀をしルイス皇子殿下を見送る。

「伯父様、伯母様。ご心配をおかけしてごめんなさい」

「エリーは悪くない。やれやれ、とんだことだ。さあ、行こう」

「えぇ、あなた。行きましょう。エリー、それで？」

伯母様の眼差しに小さく頷き、「マギー伯爵夫人です」と小さく答える。

お父さまのリストに入っていた、〝天使効果〟のために婚約破棄となった一人だ。そして、次男妻の縁戚《えんせき》でもある。

「そう。わかったわ。エリーは何も心配しなくて大丈夫よ」

公爵と侯爵階級の集まったエリアで、皇妃陛下とのやり取りを伯父様と伯母様にご報告する。

「まあ、エリー。明日からきっと大変よ。お茶会や夜会のご招待のお手紙が……」

「そうですよね……」

嬉しい半面、社交は増える。厳選したいと伯母様に協力をお願いする。

「任せなさい。今日みたいな恐い目には遭わせないわ」

「ありがとうございます、伯母様」

嫌なことを洗い流すように、美しいシャンパングラスに入ったミモザをクイッと飲み干した。

◇◆◇◆◇

「あら、エリー。顔が赤くてよ。少しお酒に酔ったかしら。ここも熱気で暑いものね」

「伯母様。ベランダで風に当たってきます。あちらなら〝大丈夫〟でしょう？」

そのベランダの手前は伯父様や伯母様達のご友人達が陣取っていて、怪しい者など近づけそうにない。

伯母様の許しを得てベランダで夜風に当たる。首筋が冷えてひんやりする。ふだんなら控えめの酒量なのに緊張と疲れのせいか酔いが回ったようだ。ベランダの手すりに手のひらを置くと、大理石が熱を吸い取ってくれ気持ちいい。

空を見上げると煌めく星々が見える。

「……帝国の輝ける星たる皇子殿下、かぁ」

「……呼んだか？」

背後からいきなり声をかけられビクッと身体が大きく跳ねる。ルイス殿下だ。

「……驚かせたかな。だが、そんな猫みたいに跳ねなくても。クックックッ……」

思わず振り向くと、背中を少し丸めて本気で笑っている。

そんな姿は初めて見る。少し動揺しながら尋ねる。

誰が二人っきりになるようにしたの？

「ど、どうしてここに？」

「公爵夫人が、エリー、あ、エリザベート嬢はここで涼んでると」

「なるほど。失礼しました。そろそろ戻ります」

謎は解けた。伯母様か。

これ以上噂になる前に中に入ろうとすると呼び止められる。

「待ってくれ。さっき俺を呼んでただろう？　どういう意味だ？」

どういう意味って言われても、というか聞かれていたのが本当に恥ずかしい。ベランダでよかった。シャンデリアの下だと火照《ほて》った頬が丸見えだ。手すりで冷えた左手をゆっくり左頬に当てる。冷たくて気持ちいい。首を傾げ、また夜空を見る。

「え？　あの夜空を見てたら、星が綺麗でつい……。不敬でしたら謝罪いたします」

「君には、エリザベート嬢には不敬は問わないと約束した。最後に『かぁ』とも言ってただろう？　気にはなる」

ちょっと待って。そこまで聞く？

『かぁ』だけ切り取られてたらカラスみたい。

「……言わなきゃ、ダメですか？」

緑の瞳でルイス殿下を見上げると、青い眼差しが柔らかに降ってきた。

「できれば。嫌ならいい」

ここで「嫌」と言えばいいのに、なぜか『機密でもない』と思い、また手すりに手を置き、空を見上げながら口を開く。

「……お星様にたとえられる皇子様って大変だなあと。綺麗って言いましたが、皇子様は綺麗事ではすまないでしょう？」

いつのまにかルイス殿下が隣に来て並び星空を見上げる。ダンスやエスコートの練習をしたためか嫌悪感はない。

私の問いかけに声の調子が少し暗さを帯びる。

「……そうだな。綺麗なことばかりじゃない。どちらかと言うと汚いと思う」

真面目に応えてくれたルイス殿下に私も真剣に答える。

と、思いもよらぬ話が待っていた。

「そうですよね。騎士団のお仕事は特に。院長先生や他の人達からも、昔の避難民のお話を伺ったりしました。それでも〝星〟の役割を果たさなきゃいけない。汚い現実を嫌ってほど知ってたり先が見えてるのに、明るい未来を指し示し奮起させなきゃいけない……」

「院長が話した20数年前は全面戦争一歩手前だった、と歴史で学んだ。今回、皇帝陛下からは、『絶対に事態を収拾しろ。前回の二の舞はするな』と命じられた。戦地では一人になれた時、何度も吐きそうになったよ。いや、吐いたな。悪い。女性の前で……」

帝命だ。父と息子の関係だが、強大な帝国の皇帝からの〝絶対〟の命令。

それだけでものすごいプレッシャーだろう。さらに人の命が自分の手腕にかかっている。

眼差しを空から降ろすと、手すりに置いた大きな手がかすかに震えていた。

励ますように自分の手をすぐ横に置く。せめて温かみが伝わるように、と。

「……大丈夫です。人間なんですから。だから星は、地上で光らなきゃいけない星は、とても大変で、辛いだろうなぁ、と」

辛かっただろうルイス殿下が私に向かい、問いかけてきた。

「……君も大変じゃなかったのか？　王国で並みの王妃教育以上のことをやらされていたと、タンド公爵夫人から少し聞いた。いや、何より君からだ。君自身を見ていればわかる。

公式の場での振る舞いも、歩き方も、お辞儀も、物言いも、皇族より皇族らしい。初見の人間のはずなのに、どういう家かも祝事も把握してる。それに、あんな肝が据わった諫言、初めてだった。みんな、困って、笑って誤魔化《ごまか》してた」

次第に熱を帯びた内容に青い瞳が輝いていたのに、最後は苦く微笑みが沈む。

あれはさっきの帝命を聞けば納得もする。

「……あの時は失礼しました。ルイス皇子殿下のご事情を知らなくて。『スペアのスペア』って仰った理由、不遜ですが、なんとなくはわかりました」

「……どう、わかったんだ？」

私は静かに深呼吸すると、あえてルイス殿下は見ずに星空を見上げながら答える。

「……皇太子殿下は跡継ぎとして戦地には送れない。第二皇子殿下も何かあった時には必要だ。だがこの国難に発展しかねない事態を早期解決するためにも、人心をまとめる皇族の参加は不可欠だ。だから騎士団に所属し人望もある程度は集めているルイス皇子殿下が選ばれた。都合のいい時だけ人を使うな。と、こんな感じです」

「ある程度、はよけいだ」

シビアな内容なのにクスッと小さな笑いの気配がした。視線を手すりに置いた手に戻し、少し離す。

「初めて会った時、態度、悪かったですもの」

はっきり伝えると、苦しそうに打ち明けてきた。

「あれは……。戦地から帰ってきて、気が荒くなってた。帝都が、皇城が、騎士団の訓練所さえ、あまりにも戦地と違って、穏やかで、平和で、平和すぎて……。豊かな飲み物や食べ物も、どこか空虚で、砂を噛むようだった……。平和を失いたくなくて必死で守ったはずなのに、戻ってきたら自分が溶け込めなくて、自分にも周囲にもなぜか苛々《いらいら》してた。自分の居場所が、平和なここじゃないような違和感を覚えて……。騎士団の訓練でも発散できなくて、遠駆けばかりしていた。八つ当たりだ。すまん」

私には思いもよらない心――

ルイス殿下も制御できない自分に苛立《いらだ》っていたようだった。

「そうだったんですか……」

「ああ。あの時偶然出会えた、水辺のエリザベート嬢は、本当に綺麗だった。足で水をはねて、無邪気に遊んでて、思わず見とれてたくらいだ。その見とれてた女性に、俺は何て失礼をやったんだって、目が覚めたんだ……」

一転、思わず目が丸くなる。

〝綺麗〟とか〝見とれてた〟をすっ飛ばし、最後の一言のインパクトが大きい。

「え？　それって、私で苛々が収まったってことですか？」

どうして一回しか会ってない私で、そうなるのか分からないけど。

それでもルイス殿下は素直に認める。

「ああ、有《あ》り体《てい》に言えばそうだ。だから気持ちが落ち着いた時、紛争中で行けなかった墓参りにも行けたんだ。それまでは毎年行ってた。それさえも忘れてたのかって自己嫌悪になったけどな。日常の大切さを少しずつ思い出せるようになっていった。

君に2度目に会えた時は、あのチャンスを失いたくなかった。帰還して初めておいしく感じた飲み物、あのハーブティーをまた飲みたくて、今も同じように感じられるか、確認したくて、あの場で無理に持ち出して聞いたんだ」

「……私、云々《うんぬん》は別にして、ハーブティーはおいしく飲めてますか？」

「ああ、大好きだ」

星明かりに浮かぶルイス殿下の、はにかんだ笑顔がなぜかかわいらしく思えた。

ハーブティーのことを言ってるのに、私が恥ずかしく感じてしまう。

「……それは、少しでもお役に立ててよかったです。あと、墓参された方は会いにきてくれて、嬉しかったと思いますよ」

「喜んでくれたかはどうだろう。俺の乳母だった。毒で、やられたんだ……」

「!?」

あまりの内容に言葉が詰まる。つい周囲の気配を探るが誰もいないようだ。

会場の歓談がカーテンとガラス越しにかすかに聞こえてくる。ルイス殿下は淡々と話を続ける。とても大切な、黙って、静かに聞くべき話だ。

「……だからあそこに埋葬されたんだ。俺は幼いころから、毒に慣れるように少しずつ与えられてた。あの時、一緒に菓子を食べていた乳母が目の前で死んだ時、俺も死にかけたが、何とか助かった。目覚めたのは1週間後で、全部終わってた。あの修道院に埋葬されたと知ったのは1年後。母上と墓参に行った時に知らされた」

「……」

「嫌な話だろう？　聞かせてすまない」

思わず首を横に振る。違う、嫌じゃない。大切に思えたとわかってほしかった。

「嫌ではありませんし、今のお話をお聞きして、乳母の方は喜んでいると思います。だって、命を、かけて、守った、方が、忘れずに、会いにきて、くれるんです。私だったら、嬉しい、です……」

「泣くな、エリー」

「え？」

ルイス殿下に言われて初めて、自分の頬に涙が伝っているのに気づく。動揺した私がハンカチで拭こうとする前に、ルイス殿下がハンカチを持ち出し、頬や目元にそっと当ててくれる。

ものすごく恥ずかしい。人前で感情を制御できずに泣くなんて。

「……すまない。喜ばしい日にこんな話をしてしまって」

切なそうに見つめられる。優しい手指の動きに自分の気持ちも伝える。

「……私もあの墓地に、大切な人が眠ってるんです。だから会いにいきます。

私を守って亡くなったも同然の人ですけど、きっと喜んでくれてると思います」

お母さまは命がけで私を産んでくれた。

産後の肥立ちが悪くベッドから起き上がれなくても、ずっと私を愛して守ろうとしてくださっていた。

「そうか。俺もそうだといいな」

少し吹っ切れたような、ルイス殿下の声――

「あの……。伺ったことは、誰にも話しません」

内容が内容だけに、念のために言っておく。

でも今はなぜか、こういう自分に嫌悪を覚えた。

さっき私を皇族らしいと言ってくれたが、ルイス殿下のほうが堂々としていて皇族らしい。

「俺は君が話すとは思ってない。だから話した。君が話してくれたことも絶対に他言しない」

「ありがとうございます」

「さあ、中に戻ろう。エリザベート嬢。そろそろ公爵と夫人が心配しているぞ」

「はい、ありがとうございます。ルイス皇子殿下」

エリザベート嬢という呼びかけ——

この時、なぜかエリーと呼ばれなかったことを寂しく感じる自分がいた。

◇◆◇◆◇

山、山、山。

紛争勝利記念の皇城祝賀会から一夜明けた、タンド公爵邸の昼下がり——

私、エリザベス・ラッセル改め、エリザベート・エヴルーは、伯母様・タンド公爵夫人と封筒の山の前にいた。

叙爵のお祝い状、茶会や夜会の招待状、業務提携のお誘い、そして釣書付きのお見合い申し込み状などを仕分けている。

私が内容別に分ける。叙爵のお祝い状は全て返信する。茶会や夜会の参加の有無は、伯母様が判断してくださる。業務提携は伯父様も含め三人で今夜話し合う。候補になった案件は資料を送り、アーサーの意見や確認が必要だ。

お見合いは私の意向ですべて却下だ。

各々の返事も、侍女が書くか、伯母様か、伯父様か、私自身かを、伯母様が判断してくれる。

その間にも追加便やお祝いの花が次々と届く。使用人達は大忙しだ。

仕分けが一区切りしたところで伯母様とお茶を飲む。冷たくしたハーブティーがおいしい。

ふと、ハーブティーで味覚を取り戻すきっかけになったルイス殿下を思い出していた。味覚を失う経験ってどんな風だったんだろう。想像がつかない。

一方、伯母様はこめかみに指を当て少し押さえている。ご負担をおかけし本当に申し訳ありません。

「エリー。これでは予定通りには帰れないわね」

「はい。無理だと思います……」

本当なら祝賀会を挟み、10日間ほどの滞在予定だった。変更せざるをえない。

「夜会はともかく、お茶会には絶対に参加すべき方からのお誘いが何件かあるし、業務提携もそう。お見合いは、あの人もあなたの意向を尊重するでしょう。

安心して。ただお祝い状の自筆文でもかなりの数よ。時間が経つと失礼になるし、文面は私が考えるからその通りにね。侍女が文面を書いたものはあなたがサインするように」

「はい、伯母様」

公爵家の料理長が用意してくれた、甘酸っぱいアップルタルトがおいしい。絶妙なカスタードクリームに、小さな角切り林檎《りんご》がゴロゴロして食感も楽しめる。

タルト生地もアーモンドが効いて香りがいい。頭脳労働の疲れが溶けていくみたい。でも、そろそろ身体も動かしたいんだけどなあ。

「『明日から大変』とは言ったけど、予想以上だったわね。でも皇妃陛下のお気に入りと認められたわ。あなたとエヴルー領にとっては大収穫でしょう。それに皇太子ご夫妻とも親交があると見なされたでしょうしね。これで〝天使効果〟に関係した、表立っての嫌がらせはなくなるでしょう」

そう。

あのベランダから戻ったあと、しばらくして皇太子殿下と皇太子妃殿下がわざわざ来てくださったのだ。

それも控え室の時と同様、〝親交〟バージョンだった。

皇太子殿下の殖産興業案について、意見を求められた私は最初は逃げていた。

しかし遠慮なく笑顔で逃げ道を塞いでくる。仕方なく諦め差し支えない範囲で意見を述べた。

それを機嫌よく眺めていたのだ。

人が静かに暮らしたいのに――

というわけで、新しいエヴルー女伯爵は、皇妃陛下、及び皇太子皇太子妃両殿下のお気に入りという風評が、一夜にして帝都を駆け巡った結果がこの事態だ。

取り上げていた新聞も何紙かあった。勘弁してほしい。

「はい。覚悟はしていましたがそれ以上でした」

「まあ、あなたはそれなりに処理できるだろうから、安心はしているけれど、絶対に無理をしてはいけないわ。〝療養中〟をうまく使いましょう。婚約解消されてから3ヶ月経ったところ。それも王国からの長旅。まだ無理はきかない身体なのだ、とアピールしておきましょうね」

なんてお優しいお言葉だ。涙が出そうになる。某王妃陛下とはまったく違う。違いすぎる。

「ありがとうございます、伯母様」

「かわいい姪っ子だもの。当たり前よ。

それにここは帝国。不審や疑念を感じたら、すぐに相談してちょうだい」

伯母様の表情が少し厳しくなる。

欲に駆られた有象無象《うぞうむぞう》から選別しなければならないのだ。

帝国特有の事情を私はまだ詳しくは知らない。そこにつけ込もうとする人達もいることは、肌身で感じていた。

昨夜は伯父様伯母様のガードに、ルイス殿下まで加わってくれていた。

おまけに断ったのに念のためだ、とお見送りまでしてくれた。

数紙の新聞には『第三皇子の有力な婚約者候補、登場か?』とも書かれていた。

「そういたします。どうかよろしくお願いします」

「アーサーには帝都滞在が伸びる旨とその理由をきちんと伝えること。エヴルーの領地邸に突撃する輩《やから》もいそうだから要注意ね。修道院は私から皇妃陛下にお願いしておくわ。何人か勅命の警護騎士がいれば追い返せるでしょう」

本当に大ごとになってきた。院長様、ごめんなさい。

「ご配慮ありがとうございます」

「アーサーはあなたがいない間、代官として卒なくこなしてきたから大丈夫。ねえ、エリー」

伯母様の口調が少し変わる。これは公爵夫人としてのものだ。

「わかってるでしょうけど、これらのお見合い申し込みは決してマナー違反ではないのよ。解消もしくは破棄から3ヶ月以上経てば、次の申し込みができる。それは知ってるでしょう?」

「……はい、伯母様」

私に言い聞かせるような口調で仰ってる内容は事実だ。

３ヶ月は早く感じるが世にいう適齢期、特に女性の場合、過ぎるのはもっと早い。

貴族階級の結婚準備を考えたら合理的な面もある。心がついていくかは人それぞれだろうけれど。

「ここにあるお見合いは本当に全部却下するの？　中には保留にしておいた方がよさそうな方もいらっしゃるのよ」

「伯母様。この方々は、皇妃陛下と皇太子皇太子妃両殿下のお気に入りの私を求めています。その立場を失えば、穏やかな結婚生活もすぐに失われるでしょう。前から申し上げていますがこの状況が落ち着いたら、エヴルーで領地のためになるべく穏やかに生きていきたいんです」

「その穏やかな生活に信頼できる伴侶は要らないの？　裏切られたばかりのあなたに聞くのは、酷なことだと思うけれど……」

「……そうですね。今のところは要りません」

「そう。わかったわ。私とあの人はあなたの味方よ。ただし婚約者か伴侶を決めなければ、しばらく身辺が騒がしいのは覚悟しておきなさい。あなたは『金の卵』を産む存在だと目を付けられてしまったわ。我が公爵家の庇護があっても、諦めず粘る輩もある程度は残るでしょう。

なぜならエヴルー自体もとても魅力的な領地だからよ。

肥沃な大地、災害の少ない土地柄、帝都までの距離、帝室が篤く保護する修道院の存在。

外出する時はエヴルーの護衛だけでなく、人数を増やして我が家の護衛も付けるわ。何かあったらラッセル公爵閣下に顔向けできないもの。アニーにもね。何よりも私が絶対に嫌よ。あの人もね。約束してね、エリー」

最後は伯母として心から心配してくださる。その温かい気持ちも私を癒してくれた。

◇◆◇◆◇

そうこうして過ごした数日後——

他家の茶会から帰ってきたあと、ルイス殿下が訪ねてきた。きちんと手紙でアポイントを取った訪問だ。

『皇妃陛下が自分に特化したハーブティーを望まれている』と手紙にはあった。

確かにルイス殿下経由で手に入れた我が家のハーブティーは、リラックスを効能の主としたレシピだ。

そこに皇妃陛下のお悩み改善も可能ならば加えてほしい、との依頼だった。

だったら侍女か侍医の派遣を、と思うが、ルイスのほうがより安心できるとの仰せだ。

皇妃陛下のご体調はトップシークレットだ。

絶対的に信頼のおける侍女や侍医は、身辺からは手放せない。

ルイス殿下、というより、成人している皇子三人には閨《ねや》教育とは別に、女性特有の悩み、はっきり言えば、月経や妊娠・出産などに関することも、医学的・心理的にしっかり教えたらしい。

辛さを知識だけでも知らなければ、理解できず我儘と捉え、喧嘩《けんか》や不和の基にもなりかねない。夫のため、帝室のため、国のために、我が子を命がけで身籠《みご》もり産んでくれるのだから、知識と聞く耳くらいは持ちなさい、との教えだったらしい。

皇子妃になる方にも、『恥ずかしがらずにはっきりと伝えること。思ってるだけでは絶対に伝わらない。帝室内の家内安全のためです』と、皇子妃教育の中で自らご教授されていた。

実際、皇子三人を出産され、かつ、皇帝陛下からのご寵愛は続いている。お手紙を通しても、そのお言葉には重みがある。

その甲斐あってか、皇太子ご夫妻の仲はご円満以上だと言う。つい最近、当てられたばっかりです。はい。

ルイス殿下も騎士団で負傷の際の応急処置などを学び、戦地で実践し鍛え上げられたので、医学的な話としてさほどの抵抗はないらしい。

この依頼に関する間だけは例外的に二人きりだ。お茶を出したパーラーメイドも一礼して出ていく。

未婚の男女のため扉は少し開けてはいる。ルイス殿下が冷静な面持ちで確認してきた。

「エリザベート嬢は、嫌、というか、話しにくくはないか？」

「医学的観点からのお話し合いですから、さほどには。これを見ると本当にお辛そうですね」

渡された資料には、皇妃陛下がご自分で書いた克明な記録が残っていた。

主には体調面の変化とその日の予定、出来事といった内容だ。

ざっと目を通しても、３人出産した身体的負担に加え、ご側室がいらっしゃる後宮の管理、国政への関与などの精神的負荷により、年齢特有の悩みが深まっているようだった。

この記録を管理する金庫も事前に運び入れられ、伯父様の執務室に設置済みだ。公爵家で最も防犯対策がされているためだ。

「自分を産んでもらって言うのもなんだが、お辛いと思う。ご側室も他国の王女に準じる方々で、無碍《むげ》にはできない。明るく振る舞ってらっしゃるがご苦労は多い。皇帝陛下は少しでも悩みが軽くなるなら何でもすると仰られ、実行されてきた」

あ、はい。ご正室への溺愛はご家風なんですね。ヨク、ワカリマシタ。

「いただいたこちらを元にレシピを考えてみます。しばらくお時間をいただきますが、ハーブティーでは最優先で取り組みますのでご容赦ください」

「ああ、了解した。今あるものでもかなり違うそうなんだ。苛々が緩和されると仰る。俺もそうだったからなんとなくはわかる。だから焦らずにじっくり考えてほしい」

「ご配慮ありがとうございます」

「それと……。レシピが完成した暁《あかつき》には後宮に預けてほしい。現在のレシピもだ。これはエリザベート嬢を守る意味もある」

ルイスの申し出に緊張が走る。以前は自分も口にした言葉だ。声量を絞る。

「……毒が入る余地をなくす、ということですか？」

「その通りだ。万一にも君を暗殺なんかに巻き込みたくない」

確かに私の手元で調合したハーブティーに毒を混ぜられたら、私もかなりの確率で天へ召される。

でもここまで配慮されて怯《おび》えてばかりでは、臣下の名折れだ。

「わかりました。ではその代わりに、材料は『天使の聖女修道院』様で栽培されたものとさせていただきます。同じハーブでも栽培地や栽培方法で違ってきます」

「なるほど。そういうものなんだな」

「野菜や果物でも、各々名産地はございましょう？　それと同様でございます」

「わかった。母上のためにありがとう」

「臣下としては当然ですわ」

「……迷惑や負担をかけてるだろう？」

廊下にずらりと並んだ花々を見たのだろう。

「……迷惑では絶対にありません。負担、というよりも、庇護していただくにあたっての〝余波〟でしょうか。今は大波ですが、しばらくすれば漣《さざなみ》程度になるでしょう」

「……釣書が山ほど届いたと、タンド公爵から聞いた。全部断ったがしつこいし、まったく無視はできない家もあると……」

「伯父様ったら。お城に働きにいらしてルイス皇子殿下に何を仰ってるのやら。それらは『いまだ療養中』を理由に時間をかけて断り続けます。ご心配なく」

「……心配するのも許してもらえないか？」

ルイス殿下の眼差しがじっと向けられる。吸い込まれそうな青い瞳だ。

丹田に力を込めゆっくりと呼吸する。

「心配だけで、留まりますか？」

「……君が嫌なら留める。ひどい裏切りを受け我が国に来て、まだ3ヶ月と少しといったところだ。癒すには時間が必要だろう。

ただ自分はエリザベート嬢が好きだ。祝賀会の夜にはっきり自覚した。初めて会った時はひどい言動だったとも自覚してる。二度目はこちらの都合を押し付けた。だが今は君の望みどおり自由にしてほしいと、その自由を心から護りたいと思ってる。この国からも……」

ルイスの一途《いちず》な気持ちが、熱量が押し寄せてくる。

だが、最後の一言は理性で抑制されていた。手のひらをぐっと握り込んでいる。

「……」

この国から？　護りたい？

しばらく沈黙が続いた後、私は声を低めて問いかける。

「皇太子殿下、もしくは皇帝陛下から、何かご命令が？」

ルイスは小さく頷く。先ほどの必死さや熱量は消え落ち着いていた。理性的な物言いだ。

「兄上、皇太子殿下からだ。我が国から君を絶対に失いたくない。君は賢く、縁談からは言を左右に逃げるだろう。最後の手段で帝命もあるけれどできれば使いたくない。王国との関係もある。このたび正式に帝国の貴族となった。婚約解消後の留保期間の３ヶ月も過ぎた。『口説いてこい』と言われた」

「手の内を全部明かしてどうするんですか？　ルイス様のお立場が悪くなるでしょう？」

気づいたら敬称が抜け落ちていた。思わず言い直す。

「ルイス皇子殿下。今のお言葉は聞かなかったことにします。エヴルー卿は領地と結婚します。

一生、誰とも結婚しません。死後の爵位と領地はタンド公爵家の従属爵位に戻します。誓約書は今すぐにでも書きます」

「……エリザベート嬢。ちょっと待ってほしい。落ち着いてくれ」

「落ち着いていますエリザベート嬢。王国の特殊な王妃教育を受けた身です。自身の利用価値は自認しています。帝国と帝室に忠誠は捧げます。ただ個人的に、特に恋愛や結婚で人としての信頼さえ失う、そういった裏切りを、もう受けたくないんです」

ルイス殿下が深呼吸し、何か覚悟を決めたような表情を向ける。背筋を伸ばし緊張した面持ちだ。右頬の傷痕もほんのわずかに赤味を帯びている。

「エリザベート嬢。気持ちを静めて、よく聞いてほしい」

「……はい」

「……俺と結婚してくれないか？」

「え？」

どこが、どうして、そうなる？　結婚したくないとこれだけ言ってるのに。

「驚かせてすまない。もちろん、形式上だ。俺はそれで、エリザベート嬢を護る正当な権利を手に入れられる。絶対に君を裏切らない。それこそ誓約書を作ったっていい。俺がエヴルー家に婿入りすれば、陞爵して公爵になるだろう。領地は周辺の帝室の直轄地も賜る。規模の大きな領地経営もできる。農業や酪農、そしてハーブの一大産地になるだろう。エリザベート嬢ならもっと発展させられるだろう」

「ちょ、ちょっと待ってください。ルイス皇子殿下がどうしてそこまでなさるんですか？」

「第一に、俺はエリザベート嬢を愛している。第二に、俺にも縁談が来ている。全部断っているが、外交関係が来れば断り続けるのは難しい。第三に、これが一番厄介だが、あの、皇太子殿下だ。エリザベート嬢がいくら誓約書を出しても、『だったら結婚しても同じでしょ』とか言って、帝命ではなく、裏から手を回して結婚へと持っていく。それも自分の配下の者とだ。最後の手段はご自分の側室だ。あの人はそういうお人だ」

「!?!?」

皇太子殿下については、ものすっごくリアリティがある。ありすぎる。

先日も逃してもらえなかった。欲しいものは手に入れたい方だ。

側室だってありうる。

実質的な結婚が嫌なら、信頼関係に基づいた〝白い結婚〟、もしくはさらに逃げられないように初夜の務めだけ果たし、そのまま殖産興業で手腕を振るってくれればいい。

王国には「僕が〝色んな意味〟で一目惚れしたんだ。ごめんね」などと平気で言いそうだ。

私は頭を抱えそうになり、姿勢を正す。

「……完全に、照準を合わせられました。私は哀れな雌鹿ですか？」

「〝哀れな雌鹿〟にたとえるところがすでに現状認識とずれてる。俺に卑下するな、と言ったが、君こそ自己評価が低い。低すぎる。誰かに意図的に仕組まれたように」

ギクッとした私をちらりと見て、ルイス殿下は話し続ける。

「兄上は有頂天《うちょうてん》だ。ほぼ育成費用なしに、金どころかダイヤやそれ以上の価値あるものを産むガチョウが、背中にハーブを背負って現れた。とね。

俺はあの人から君を護りたい。なるべく自由でいてほしい。心から願っている」

「……お話の内容は承りました」

「公爵や夫人には君から話してくれないか。念のためこの手紙を渡してほしい。返事を待っている」

「かしこまりました」

少し分厚く重さのある手紙を受け取る。

「手紙にも書いたが、たとえ断られても友人として君を護りたい。

君は俺を救ってくれた。俺の世界に、味を、香りを、色を取り戻してくれた。だが、友人の立場では限界もある。それは理解してほしい」

「……恐れ入ります」

令嬢仕様で、貴族的微笑を湛《たた》えたまま受け答えたあと、ルイス殿下を見送る。

すぐに侍女に伯母様の部屋を訪ねたい旨を告げ、皇妃陛下の記録は伯父様の執務室の専用金庫に保管する。

さっそく伯母様と相談だ。数日前に話していたことが一気に現実味を帯びてくるなんて。

「う〜、やっぱり修道院に入ろうかしら？　Bプランに移行？」

私は花が彩る廊下を足早に歩んだ。

5章　悪役令嬢の識別票《シグナキュラム》

部屋を訪れた私の顔を見て、伯母様はハーブティーとお砂糖を頼んだあとは人払いしてくれた。

そして安心するように抱きしめてくれる。

「まずは温かいものを飲みましょう。顔色が青白いわ。指先もこんなに冷たくなって」

二人でハーブティーを飲んでいると少しずつ落ち着いてくる。お砂糖も足すと心が凪《な》いでくるようだ。こういうところは人間ってシンプルだと思う。

だが、今、私が直面している問題は一人では解決できない。

深呼吸すると、今日のルイス殿下との用件を皇妃陛下専用レシピ以降について話す。専用レシピについては、皇妃陛下の健康状態と関わり秘匿条項になるためだ。

先を急がせず相槌《あいづち》を打ちながら聞いてくれた伯母様は、私が話し終えたところで優しく手を取り手の甲をゆっくりなでてくれる。

「エリー。今、吐き出したいことがあるなら、吐き出しちゃいなさい。あなたは優しい子だから、あの人の前では心配すると思って出せないでしょう？」

伯母様の優しい声と口調に、病床でも愛してくれたお母さまを重ねてしまう。

温かく包まれている手が震え、怒りと悲しみが湧き上がってくる。

「伯母様……。どうして……。どうして、放っておいてくれないんでしょうか。私は穏やかに暮らしたいだけなのに……。私はそんなに我儘なんでしょうか」

「ああ、エリー。あなたは我儘なんてものじゃないわ。逆に我儘すぎないくらいよ」

伯母様が私を引き寄せそっと抱きしめ背中をなでてくれる。

その中でポツポツと私は呟く。

「領地では、アーサーやマーサが一緒で、院長様もいらして、シスター様や子ども達もいます。とても安心して、穏やかで、楽しくて……」

「そうね。とてもいい領地で、いい関係だって思ったわ」

「ありがとうございます……。伯母様……」

最後に少しだけ瞳が潤んでしまう。

「さ、顔を拭いて。お茶でも飲みましょう」

温かい濡れタオルで顔を拭き紅茶でひと心地つくと気持ちが落ち着いてきた。

伯母様がゆっくり問いかける。

「エリー。これからする質問で嫌なことや気分が悪くなることがあったら、すぐに言ってね」

「はい、伯母様」

私の了解を取ると、ゆっくり話し始める。

「ねぇ、エリー。あなたが今、一番選びたくないのは、どれかしら？

1つ、皇太子殿下の側室になる。

2つ、皇太子殿下の配下の妻になる。

3つ、お見合い申し込みの中から、条件が最もいい人を選んで結婚する。

4つ、ルイス殿下の申し出を受ける。ゆっくり考えてみて？」

伯母様の言葉に反し、私は食い気味に即答する。

落ち着いていた心に怒りが込み上げてくる。

「皇太子殿下の側室です。絶対に嫌です。自分も嫌ですし、何よりあんなお綺麗で優しそうな皇太子妃殿下を、自分が原因で悩ませるのもすっごく嫌です。絶対に嫌」

ここでは言えないが、後宮の側室方に悩んでらっしゃる皇妃陛下の原因に、酷似した存在にはなりたくなかった。

「それにものすごく酷使されそうで、働き潰されそうです。嫌です」

これも本音だ。皇太子殿下の優しそうな見かけに騙《だま》されてはいけない。

「わかったわ。次に嫌なのは？」

「皇太子殿下の配下です。結局酷使されます。絶対信頼なんかできません」

「次に嫌なのは？」

「……今後の社交もありますし、お見合いの申し込みには一応全部、目は通しました。伯母様が『保留』を勧めた方もいました。でも皇太子殿下のお話をしたら、おそらく配下になるか、向こうから辞退になると思います。権力にすり寄るか、危うきに近寄らずか。どちらかでしょう」

伯母様はしばらく考えた後、結果を口にした。

「なるほど。今挙げた中で残った選択肢は、ルイス殿下ってことね」

伯母様の前でルイス殿下への信と不信を口にしてしまう。

「……護るって言ってくれました。ただ、無理をさせちゃうんじゃないか、って。逆にまた裏切られちゃうんじゃないか、って。皇太子殿下に『口説いてこい』って言われたと言ってました。信じて裏切られるのが、怖いんです」

「そうね。バカ正直ね。『口説いてこい』って言われたって。でも、これをあとで、皇太子殿下から『自分が口説いてこいって言ったから、結婚を申し込んだんだ』って聞いたら、エリーはどう感じたと思う？」

伯母様の切り口は意外だった。そういう見方もあるし皇太子殿下はいざという時のカードとして切ってきそうだ。

「それは……。とてもショックで、信じられなくなると、思います」

「だったら、すぐにエリーに言ったのは、バカ正直とも言うけれど、〝誠実〟とも言うんじゃないかしら？」

「誠実……」

アルトゥール殿下との10年間を思い出す。あれはもう過ぎ去った過去だ。

ルイス殿下とアルトゥール殿下は違う。

「でもルイス殿下もしたたかよね？　愛してるエリーでご自分の縁談避《よ》けにしようとしてるんだもの。その点は皇族としても計算されてる。あなたも縁談避け、皇太子殿下避けになる。そこは対等な関係ね」

「対等……」

確かにそうだ。ルイス殿下にも利はある。不本意な結婚を押し付けられない。おそらくは必要以上に皇太子殿下の手駒にはなりたくないのだ。

「あとは、『あなたを愛している』と言った言葉が本当かどうか。あなただけじゃなく私達も信じられるか。だって大切なあなたに、たとえ形式的な結婚でも申し込んできたんだもの。エリーを傷つけたら、絶対に許さないわ」

「伯母様……」

伯母様の決意に胸が熱くなる。こんなに大切に思ってくださるなんて。縁を結んでくれたお母さまが手を差し伸べてくれている気がした。

「あとは縁談抜きでも皇太子殿下が諦めるような対策を考えましょう」

「ありがとうございます、伯母様。あの、『天使の聖女修道院』への入会は、無理でしょうか？」

私の問いかけに伯母様は苦しげに答える。

「……あちらは帝室の保護が厚いでしょう？　院長様は人格者だから受け入れようとするでしょう。そうしたら、おそらく院長様を交代させて妨害しようとするでしょうね……」

「……」

Bプラン、ダメか……。そうだよね……。毒殺の後始末のような埋葬もしてるんだもの。

「エリー。しばらく休みましょう。ゆっくり入浴でもして、ベッドで横になってなさい。

今、マーサを呼ぶわ」

私の様子を見て労《いた》わってくださる伯母様。

お母さまが生きてくださってたら、こんな感じだったんだろうか。

「ありがとうございます……」

私はマーサに付き添われラベンダーのハーバルバスに浸《つ》かり、しばしの眠りに就いた。

◇◆◇◆◇

「ただいま、エリー」

「お帰りなさい、伯父様」

伯父様はダイニングで優しく抱きしめてくれた。

「さあ、まずは食べよう。料理長が腕によりをかけたそうだ」

確かに今夜は私の好きなもので、なおかつ消化が良い調理法で作ったものだ。

息子達夫婦は先に食べたと言う。

三人で、料理や食材、流行、皇城のたわいない噂話などの話題に終始した。

お酒抜きなのはこのあとの話し合いのためなのだろう。

夕食後、場所を伯父様の執務室へ移し、日中ルイス殿下と話したこと、伯母様との話し合いについて伯父様へ伝える。

ルイス殿下とのやり取りは伯母様と一度話したため落ち着いてまとめられたと思う。

伯父様は最後まで黙って聞いたあと口を開いた。

「エリー。ルイス殿下からのお手紙を見せてもらえるか」

私が手渡すと伯父様は丁寧に封を切り、数枚の便箋《びんせん》と、何かを紙で包んだ薄いものをテーブルに置いた。

「エリー。私達が先に読んでも大丈夫かな」

「はい、伯父様」

真剣な眼差しで文面に目を走らせる。読み終わると手紙を伯母様に渡す。

そして伯父様は薄い紙包みを開ける。そこには3枚の小さなプレートと2つのチェーンがあった。首に掛けるくらいの無骨な長めのチェーンには2枚のプレートが通り、短いチェーンには1枚のプレートが通っている。

「ふむ、本当に識別票《シグナキュラム》だ。古風なことを……」

「シグナキュラム？」

知らない言葉に私は思わずそのまま聞き返す。

「エリー。シグナキュラムは識別票とも言う。帝国騎士団で使用されている、個人を判別するものだ。ご覧、ルイス殿下の名前が刻まれてるだろう？」

伯父様が見せてくれた小さなプレートには、3枚ともにルイス殿下の名前が線刻されていた。

「我が国で、騎士が戦地で亡くなった時の遺体確認に用いられている。

騎士はこの2枚が通ったほうを身につけ、戦死した時には戦友が報告用に持って帰るんだ。

もう1枚は遺体に着けたままにしておく。略奪されないよう鉄で作られている」

驚きで一瞬、息が止まる。伯父様の説明が続く。

「帝国の騎士に伝わる古い風習というか慣例でね。このもう1枚は、家族や恋人、大切な存在に預けて戦地に赴《おもむ》くんだ。無事に帰ってくるという、誓いの証とされていた。今はあまり行われていない。古い慣習だよ。私が若いころ騎士団に所属していた時でさえ、やってる者は少なかったくらいだ」

思ってもみなかった内容に言葉が浮かばない。

知識として『わかった』と答えるのみだ。

「そう、ですか」

「これを預けるのには別の意味もある。戦地に赴く者には『自分を待っててくれ。無事に帰ってくる約束を必ず守る』、待つ者には『約束を破らずに無事に帰ってきて』という願かけだ。ただルイス殿下がどういう気持ちでこれを同封したかは、手紙に書いてある」

伯母様が読み終わり渡された手紙には、より詳しく私への気持が綴られていた。

戦場から戻ってきた時の状態をどのように救ってくれたか、自分が二度の邂逅で犯した過ちへの謝罪、自覚した私への想い。

出征する時、戦地で戦っている時、護りたかった平和の、穏やかな生活そのものが、私であること。

そして、私に話した形式上の婚姻で皇太子殿下の意図を防ぎたいこと。

それが叶わない場合も伯父様や天使の聖女修道院などと連携し、可能な限り私の自由な生活を保障したい、とも書かれていた。

――エリザベート嬢は、これ以上、搾取されるべきではない。搾取される存在ではない。

この文は、特に力強く、記されていた。

伯父様の言うとおり『識別票は、決して裏切らずに私を護る証に同封する。返事が『否』の時には識別票全てを返し、『応』の時には短いチェーンの識別票は預かってほしい』とあった。

手紙の中の一枚は誓約書の書式に則って書かれ、サインまでされていた。

今回たとえ緊急避難的に婚姻しても、私の同意がない限りは〝白い結婚〟であり、婿入りの際の条件も明記されていた。

その条件については伯父様が説明してくれる。

「ルイス殿下が皇族から臣下に降りた場合、ここに書かれているよう公爵に叙爵され、ふさわしい領地が与えられるのは今までの事例から見ても確実だろう。特に今回の紛争の功労者だ。皇帝陛下は最後まで栄誉を与えたいと仰っていたからね」

「それが、なぜ、エヴルー伯爵の陞爵や領地に？」

「一家を起こす場合はさっき言ったとおりだ。事例は少ないが婿入りする場合は代わりに相手の家が受け取る。ふむ。皇位継承権の放棄の有無は書かれてないな。もし受け入れるなら確認しないと」

法的手続きを説明した伯父様は足りない部分を指摘してくれる。実に冷静だ。

私は足元がふわふわしている感覚に襲われていた。

まったく違うのに、あの質屋のショーウィンドウに、あの懐中時計を見た時のようだ。

――裏切らないと誓ってくれているのに、裏切りそのものを、この目で確認した時と同じ状態になるなんて。

伯父様の声がより低くなる。

「ただこの手紙は皇太子殿下への反逆の意図を疑われる可能性がある。一旦は私の執務室に設置した皇妃陛下のための金庫に保管しよう。申し込みを辞退する時は識別票と共に全て返還し、目の前で焼いていただかないと、エリーまで巻き込まれてしまう可能性がある」

この手紙を焼却――

伯父様の言うことは当然で、帝室の貴族、公爵として取るべき行動であるのは、頭では理解していた。

ただ気持ちがついていかなかった。

「エリー。顔色が悪くてよ。無理もないわ。あなた。これ以上エリーが知るべきことはないわよね。必要なことは説明したでしょう？」

「ああ。今の段階ではそうだね」

「じゃ、お部屋に行きましょう。無理かもしれないけれど、なるべく眠ること。マーサにリラックスできるハーブティーを入れてもらいましょう」

「ありがとうございます。伯父様、伯母様。失礼します。おやすみなさい」

私は立ち上がり一礼したがふらついてしまう。

支えてくれた伯母様が額に当ててくれた手が心地いい。

「大変よ！　あなた。エリー、熱があるわ！」

「なんだって！　ちょっと待て。わたしが運ぼう。お前は先生に知らせてくれ」

伯父様に客室に運ばれ、マーサに寝衣に着替えさせてもらってまもなく、公爵家のかかりつけ医が診察に来てくれる。

『疲労による発熱』と診断された私は、三日三晩寝込んだのだった。

◇◆◇◆◇

寝込んでいる間、私は王国時代のことでうなされていた。

そのたびに看病してくれるマーサや伯母様が手当してしてくれる。

冷たく少し重いものが、額や頭、首筋に当てられすごく気持ちがいい。

ルイス殿下からの手紙の件もあり情報漏洩を防止するため、この二人だけが看病してくれた。本当に申し訳ない。

うなされた私は悪夢を見ていた。

王妃陛下の厳しい教育。実際されたことはないが課題と鞭を持って追いかけてくる。

いきなりの方針転換を告げられ王立学園での楽しみが削られていく。

アルトゥール殿下がシャンド男爵令嬢に心が奪われていくさまをじっくりと見せられる。

注意・勧告する私を見る冷たい目、目、目。

「アルトゥール殿下の寵愛を失った」と陰で嘲笑される。

「物語の悪役令嬢みたい」と罵《ののし》られる。

〝影〟から知らされた、あの懐中時計。

実際にショーウィンドウで見て、泣き明かしたあの夜。

そして、全校生徒を前にした追及――

王国であった嫌なことが悪夢で襲いかかってくる。

その当時も時折見たがこんなにひどくはなかった。熱のせいなのだろう。

帝国に来たあとは悪夢なんか見たことはなかった。

入国してからの馬車の中や宿、無理な旅程で領地邸で寝込んだ一週間は、夢も見ずに眠っていた。

マーサや伯母様が汗を拭き食べ物と薬を与え、冷やしているものを替えてくれ冷たいハーブティーを飲ませてくれる。

その繰り返しだった。

やっと熱が下がっても頭がぼうっとし、心身がやっと覚醒《かくせい》したのはその3日後だった。

「ずいぶん高いお熱だったためでしょう。帝国に来てからも働きすぎです。お医者様の仰るとおり、祝賀会とその後の対応で心も身体もお疲れになったんでしょう。お礼状も夜遅くまで認められて昼はお茶会では無理もありません。公爵様ご夫妻以外、お従兄弟様ご夫妻のお見舞いもお断りしました。そういえば、奥様（＝公爵夫人）がご連絡したルイス殿下が皇室の氷室から氷を贈ってくださいました」

マーサが食事を用意しながら教えてくれる。

「お見舞い状とかは？」

「皇妃陛下を始めとしてかなり届きましたが、全て奥様が処理されました。

お見舞いもルイス殿下からの氷と、アーサーからのハーブ以外はご遠慮しています。ご心配には及びません」

「マーサもありがとう。伯母様と交代でずっと看病してくれて……」

「エリー様がお元気になられることが一番嬉しゅうございます」

食事の後はローズマリーのぬるめのお風呂に浸かる。さっぱりし少し休んでいると伯母様が訪ねてくれた。

「エリー。熱が下がって本当によかったわ。マーサ、エリーの体調も戻ってきたかしら？」

「はい、奥様。食欲もずいぶんお戻りです」

「そう、何よりね。エリー。今、話せそう？　無理はしないこと」

「伯母様、本当にありがとうございます。大丈夫です。辛くなったらお伝えします」

「それではね」

一通りのお見舞いリストを見せてくれる。すべて伯母様と侍女達が対応してくれていた。

「これは報告。社交に必要だから伝えただけよ」

そう言うと、マーサを含めて人払いを命じる。

「エリー。大切なのはここからなの。ルイス殿下が『負担ならあのお手紙の件はなかったことにしてほしい』って、あの人に皇城で伝えてきたの。人払いした上で、口ではあなたの病状を確認しながら筆談でこの申し出をしたのよ。筆記した分は他の不要な書類と共に焼却したわ。徹底してるわね。皇帝陛下か皇太子殿下対策なんでしょうけど。戦火を潜《くぐ》ってきただけのことはおありだこと」

「あの、なかったことって……」

「手紙を預けたあとに倒れたことをずいぶんご心配だったみたいね。あなたの負担になったんじゃないかって。自分に護られることさえ縛られると感じさせるくらいなら、この申し出自体、取り消したいそうよ。まったく。エリーを振り回して勝手な方ね」

伯母様の声に途中から少し怒りが乗ってくる。

「そうなんですね……」

「それで見舞いのお手紙一つ寄越さずに、いきなり氷室の氷なんだもの。ふう。人を驚かせてばっかり。言葉足らずで無神経なのねぇ」

頬に手を当ててため息をついている。今回はそこまで無神経じゃないような……。

実際すっごく気持ちがよかった。熱が一時的にでも下がって楽にはなってた気がする。

「……確か、氷室の氷って貴重品ですよね」

「それはそうよ。皇室のおもてなしで使うのがほとんど。

まあ、我が家でお願いしたって出してもらえたのよ。よけいなことばかりなさるのよねえ」

伯母様はウチでもできたのによけいなことを、って思ってらっしゃるのかな？

「そう、なんですね」

「待たせても溶けるばかりだから仕方なく受け取りました。他のお見舞い、お花や食べ物は不要だから、こっちもご遠慮してるのに。本当にそういうところまで気が回らない方ね」

うーん、そういう意味ではやっぱり気が回らないのかな？

「ああ、そういうことですか」

「まあ、勝手口から業者を装って内々に届けてはくれたから、噂にはならないでしょう。皇太子殿下も、『口説いてるじゃないか』と思っただけでしょうけど？」

ああ、ルイス殿下の意図はそういうことか。それなら噂にならないし、皇太子殿下の目もごまかせる。

「なるほど……」

「無骨って言われる騎士の中にも、もう少し気の利く優しい方がいるのにねぇ」

いや、あの氷は優しさだった。マーサと伯母様の看病には決して敵わないけれど。

私を思ってのことだろうが、伯母様のあまりの言いように気やすさからか制御しきれず、つい反論してしまう。

「伯母様。そこまで仰らなくても。氷は冷たくてありがたかったですし、手紙の取り下げも私の自由を最優先に考えてくれてのことです。皇太子殿下の目も考えて。伯父様とのお話でも、口話しながら筆談なんて普通しません。きっと〝影〟対策なんです。私を護ろうとしてくださって……」

「……」

伯母様は黙って私をしばらく見つめる。沈黙が流れ居心地が悪い。そして穏やかな声で伯母様が口を開く。

「それだけルイス殿下を庇うってことは、嫌いではないようね」

「!?」

しまった。でも病《や》み上がりにこの仕打ち。さすが社交で百戦錬磨の公爵夫人だ。

「あの手紙の件は、それこそ『エリーの自由にさせてください』って、あの人は答えたそうよ。私もそう思います。無神経云々《うんぬん》はわかっているでしょうけど、試しただけ。あの方にしては気が利いてたと思うわ」

「伯母様、ひどいです……」

私は思わずじとっと見てしまう。

「エリー。本音って自分でもよくわからない時があるでしょう？　確かめたかっただけなのよ。ごめんなさいね。あの人の答えは私の考えでもあるわ。体力が回復するまで、あなたのことだから時間を持て余すでしょうし、じっくり考えなさい。あなたの将来がかかってる大切なことよ」

「伯母様……」

「エリーには、もっと、本当の意味で、自由な時間を与えてあげたかったんだけど……」

伯母様が私の手を取り優しくなでながら、切なそうに見つめる。

皇太子殿下の件だろう。

「あの人があなたの好きな蜂蜜《はちみつ》を買ってきたのよ。何か飲み物を作ってきましょうね」

「ありがとうございます、伯母様」

届けてくれたのは、氷の欠片《かけら》が浮かんだ蜂蜜入りオレンジジュース――

甘酸っぱく、ほろ苦い味がした。

6章　悪役令嬢の決断

蜂蜜のお礼に伯父様の執務室を訪ねる。伯父様が贈ってくれた蜂蜜は高山で取れる貴重品だった。修道院でも養蜂をしているが味わいの豊かさでは敵《かな》わない。

蜂蜜のお礼、心配をかけたお詫びと、ルイス殿下からの氷のお見舞いについて伯母様から聞いたと伝える。

「エリー。やっと回復したばかりだ。ルイス殿下もエリーの自由を尊重してくださってる。よく考えなさい」

「伯父様。考えるためにもルイス殿下のことを知りたいんです。まずは客観的に。貴族年鑑の情報以外にご存じのことはありますか？」

「ふむ。そういうことか。ちょっと待ってなさい」

伯父様は執務室の本棚、二重三重にスライドできる一番奥の棚をずらし、出てきた特別製の寄木細工を操作すると、開いた空間から数冊のファイルを取り出しテーブルに置く。

「これはルイス殿下の言動記録書だ。細かすぎるかもしれないが、私が重要と思った部分には付箋《ふせん》が貼ってある。私の講評も書き込んである。できればそこは参考にせず、エリー自身の目と感性で読むといい」

「ありがとうございます！　伯父様！　帝立図書館に行ってもここまではわからなかったと思います」

「なに。帝位を巡っての争いは熾烈《しれつ》だからね。情報収集と分析は肝要だ。エリーは知ってるだろうが、我がタンド公爵家は、帝室から降嫁はあっても、娘を嫁がせてはいない。後継者争いからはなるべく距離を置き、中立を守り、皇帝陛下に、帝国に、忠誠を誓ってきた。ただ、家を守るには帝室の情報は必要だ。帝室を形成する個々人の情報もね」

伯父様の仰るとおりだ。ありがたく借り受け客室でさっそく読み始める。

乳児のころは周囲の記録だ。

第二皇子母のご側室からの嫌がらせや、準ずる言動が続く。

同い年、しかも数ヶ月違いの兄弟。

つまりご側室が妊娠中、それも悪阻《つわり》の苦しい時期に、皇妃陛下にお渡りがあった可能性もあり、その怨恨《えんこん》が残ったようにも思える。

皇妃陛下はほぼ相手にせず流しているが、度が過ぎた場合はピシャリとやり返している。

常に同い年の第二皇子と比較されてきたことが、４、５歳くらいの皇子教育の記録からも読み取れる。

ルイス殿下は、どちらかと言うと身体を動かすほうが好きだったようだ。

ある時、騎士団の指導役から帝国成立に関する戦史のエピソードを聞いて夢中になり、歴史や言語の成績も上がっている。

ここで皇帝陛下がひと言誉めた途端《とたん》、速攻でご側室から嫌がらせを受けている。

本当に後宮政治は大変だ。

王国で、『アルトゥール殿下以外にも後継者を』という進言を、国王陛下が『後宮政治の悪影響が大きい』と退《しりぞ》けていた気持ちも少しはわかる。

っと、過去過去過去。今はこっちに集中だ。

6歳で乳母が辞め、代わりに侍従が付いた、とある。

毒殺の件は完全に闇の中だ。

伯父様でさえ把握していない。いや、ここには書いていないだけなのかもしれない。伯父様は皇帝陛下の側近だ。知らない可能性は低い。っと、記録に戻ろう。

寂しさからか体調不良で寝込み、これを境にルイス殿下は寡黙《かもく》になったとある。

明らかに毒と乳母の死が原因だろう。

伯父様の講評では『乳母離れした影響だろう』とあった。

乳母の死から半年後、第二皇子と剣の稽古《けいこ》の際、軽傷だが怪我《けが》をさせている。

生まれた時からこれだけ不和が続いていれば、第二皇子母のご側室が毒殺に関与していると、証拠が無くても子どもなら思い込むだろう。

ここでは皇妃陛下がご側室に謝罪しルイス殿下は謹慎《きんしん》している。

謹慎明けにルイス殿下が父である皇帝陛下に直接訴え、皇子教育も続ける条件で騎士団への訓練参加を本格的に開始する。

皇子待遇は拒否し小姓《こしょう》を志願している。

つまり第二皇子殿下との稽古からの離脱を意味する。なかなかの身の処し方だ。

小姓として雑務や使い走りも経験し、騎士団の面々からはかわいがられている様子も窺える。

この辺は伯父様が若いころに所属した騎士団の知己からの情報だ。

小姓から、従騎士、騎士と、騎士団内で本気の訓練を続行していく。

皇子への通常の稽古とは一線を画した教育方針だ。

むろん同時進行で、言語や歴史、経済、外交、領地経営、社交といった皇子教育もそつがない。

これには伯父様は『可もなく不可もなく』という評価だ。

学問も軍事関連を希望し受講が増えている。

伯父様の講評には『帝国の軍事面を支えようとしているのか。単に武技を好むのか、観察が必要』とある。

結果的に、飛び抜けて優秀だった第一皇子殿下の後追いをしたような第二皇子殿下とは、まったく別な成長経過を辿っている。

第二皇子殿下もそれなりに優秀だが独自性はない。

本当に『第一皇子殿下のスペア』となったことが、時折起こるルイス殿下とのやり取りで透《す》けて見える。

ここでルイス殿下への嘲《あざけ》りに『騎士団にいても所詮《しょせん》お前はスペアのスペアだ』という言葉が、頻繁に使われるようになっている。

ご側室の手回しかそういう噂も皇城で囁《ささや》かれている。とあるが、伯父様は『ルイス殿下のほうに将来性を見いだす』との評価だった。

私もそう思う。

15歳以降、潮目《しおめ》が変わる。

この年、デビュタントと同時に騎士に叙されている。異例中の異例で通常は18歳から20歳だ。

これ以前に皇帝陛下より騎士団長へご下問《かもん》があり、実力は充分と回答している。

それゆえの騎士への叙任だ。

部隊にはヒラの騎士として配属された。名誉職ではない。

皇族として成人後の公務や、入学した帝立学園の授業への配慮はあるものの、騎士団でも訓練・任務を行っている。

伯父様が注目しているのは公務の書類処理などの正確さだ。書記官などから情報収集し、ミスの少なさ、つまり事務能力がある点も評価していた。

『単なる剣バカではないようだ』との言葉に小さく笑いがこぼれる。


15歳以降、帝立学園での授業と両立しながら騎士団内でも順調に昇進している。

その一方で公務はこなすものの、儀礼的な皇帝皇妃両陛下らとの定期的な謁見・訪問以外、帝室とは距離を置いている姿勢が窺える。

実生活の住居も騎士団の寮で、同じ皇城内とはいえ用意された第三皇子としての居室にはほとんどいない。

第二皇子殿下はもちろん、年齢が離れている第四皇子第五皇子両殿下ともほぼ交流はない。

満遍《まんべん》なく親交しようとする第一皇子殿下とは対照的だ、とある。

第二皇子殿下は歳下の第四・第五皇子殿下には優しく振る舞う、と比較して書かれていた。

伯父様は第一皇子殿下が立太子されたあともルイス殿下の姿勢に変化がないため、第二皇子殿下との根深い不和を懸念されている。

それに関しては、1年間とはいえ皇太子殿下の警護役にルイス殿下が任命された点も憂慮している。

これは皇太子殿下の意向とある。同腹とはいえ必要以上の接近を警戒している。

私はこの間に、ルイス殿下が皇太子殿下の裏の顔も知ったのではないか、と思う。

騎士団では、部隊の副班長、班長、副隊長、隊長を経て、参謀《さんぼう》に抜擢《ばってき》された。

その1年後に今回の紛争への派遣だ。

一進一退だった戦況のテコ入れに勅命により任命される。参謀ではなく指揮官としてだ。

当初は敵国から押し込まれ苦戦、犠牲を出しつつも地勢と天候を利用した作戦で勝利した。

ここから形勢が逆転、敵国に攻め込んだ上で停戦に持ち込む。

外交団と協力し帝国に有利な条件で紛争を決着した。

伯父様は『賢い鷹《たか》は爪を隠す』と記している。

昼食と間食を挟んで読み終わったころには、陽が落ちかけていた。

思い切り伸びをする。

こうして読むと、この記録には抜けている6歳の時の乳母の毒殺が、ルイス殿下に大きな影響を与えていると私には思えた。

伯父様の執務室を訪ねる前に、1通の手紙をエヴルーの護衛に頼み、修道院の院長様宛てに早馬で届けてもらった。

その返事は、明日、宗教書を扱う書店へ所用があるため、そのあと来邸してくださるとのことだった。

とりあえず今日の調査は終了とし言動記録書を鍵付きの引き出しに収めた。

◇◆◇◆◇

私の快気祝いの夕食には、従兄妹の兄弟、長男と次男も夫婦で同席してくれた。

長男夫婦と次男は本気で心配してくれたようでありがたかった。

次男の妻は私に赤ワインをかけようとして、ルイス殿下にかけたマギー伯爵夫人の親戚のためか、最初は固い表情だった。

私が明るく話しかけていると、態度が少しずつ柔らかくなったのでよしとする。

とりあえず和《なご》やかに終わったことをゆったりバスタイムで喜んだ。

翌日は久しぶりに身体を動かしたくて、朝食後、公爵邸の庭園を散歩し伯母様とお茶をする。人払いしての話題は、伯母様が見聞きしたルイス殿下の評判、評価だ。

「そうね。やっぱり小さいころから、第二皇子殿下との仲の悪さはたびたび話題になってたわ。あれは陛下がよくないの。いくら皇妃陛下とご側室がいる後宮とはいえ、妊娠出産した経験者なら、悪阻に苦しんでる時に他の女性と、とかはねえ。その期間はせめて身を謹んで、1歳違いになさればよかったのよ。仲の悪さでも、女性達は当初、ご側室と第二皇子殿下に同情的だったわ。でも皇妃陛下は根強い人気がおありでしょう。それに陛下のお渡りは拒めないもの。ルイス殿下は悪くないのに、一人割りを食った形だったのよ」

うっわ。えぐい。ここは思いっきりルイス殿下に同情する。

「なるほど。後宮事情の影響ということですね」

「そういうことね。その後も第二皇子殿下に怪我をさせたから、やんちゃを通り越して乱暴者という評判も立ったのよ。だから怪我をさせた謹慎明けに、皇帝陛下がルイス殿下を罰するために、騎士団に叩き込んだって噂がぱあっと流れたの。実際、騎士にこき使われてる姿も目撃されてたし、懲罰だ、ってね。あの人に念のため確認して『ルイス殿下から希望されたんだ。今は小姓として訓練に参加されている』って聞くまではすっかり信じてたもの。正しい情報にはやっぱり精査は必要よね」

しかしこの風聞はなかなか消えなかったと続ける。

「騎士団にいるからまともな皇子教育を受けていない、だとか、受けてても成果が出ていない、とか言われてたわ。実際は違うから今までと同様の噂ね。

第一皇子殿下は幼いころから飛び抜けて優秀だったから、立太子を有力視されていたけれど、子どもは病気に罹《かか》りやすいし何があるかわからないでしょう？　第二皇子殿下も優秀だから、あのころは派閥ができて、あることないこと言われてたわね。ルイス殿下は立太子レースからすっかり落伍したと見做《みな》されて、ほとんど噂にもならなくなってたわ。なっても皇太子殿下や第二皇子殿下の引き立て役ね」

「そこまでだったんですか」

「そうね。派閥争いではいない者扱いされてたわ。ああ、騎士団関係者だけは別だったわね。真面目に訓練している。根性がある。厳しくしても食いついてくるとかね。

でも地味でしょう？　大勢《たいせい》には影響ない扱いだったわ」

「なるほど……」

「それが一転したのはデビュタントと同時の、騎士叙任ね。一気に評判が上がって、手のひら返しとはあのことよ。元々涼やかなお顔立ちだから令嬢達の人気もぐんと上がって、訓練の公開日とかにはきゃあきゃあ言われてたけど、最初はヒラの騎士だって知ると波が引くようにいなくなったわ」

「ルイス殿下はそんなに手のひら返しされてるんですか？」

ひとごとながら腹が立ってくる。噂に左右された自分にも重なってしまう。

「そうでしょう？　でも騎士団で地道に出世して、その間に第一皇子殿下が立太子されて皇太子殿下に。そのあとくらいかしら。皇太子殿下の警護にルイス殿下が付いたのよ。

目立つし皇族警護に付く近衛役の騎士服だと、数倍増しでかっこよく見えるのよ。すでに実力で役付きだし？　またもや人気。一方、第二皇子殿下は立太子レースに敗れて皇城内で役職には就いたけれど皇族の名誉職ってあからさまでしょう？　兄皇子だけでなく弟皇子にまで追い越され、みたいなことを言われてたわね」

「どっちも手のひら返し、で翻弄《ほんろう》されてますね。ルイス殿下は冷静だったんでしょうか」

「えぇ。皇太子殿下の警護の時も落ち着いたものだったわ。貴族の大半が見違えたと思ったんじゃないかしら。隊長から参謀に抜擢されるし。エリーなら知ってるでしょうけど、参謀は知恵者じゃないと務まらないのよ。平常時は騎士団内の書類仕事もかなりこなすでしょう？　たまに皇族としての職務があってもきちんと務めるし。評価が高止まりした上での今回の紛争解決だったから、釣書付きのお見合い話もどっさりなわけ」

「それで皇太子殿下から警戒されたりしなかったんですか？」

「皇太子殿下に対しては完全に恭順《きょうじゅん》の意を示されてたわ。同腹のご兄弟なのにね。まだ皇子殿下なのに臣下の立場って雰囲気を出してたわ。この前の祝賀会でもあなたを守ったりする以外はそうじゃなかった？」

「そういえば……」

皇太子殿下が控え室で親しげな言動を見せた時、「兄上」という呼びかけも、すぐに「皇太子殿下」と訂正していた。

式典後の歓談でも対等ではなく臣下の言動だった。

「そうでしょう？　他に聞きたいことはあるかしら？」

「あの。ルイス殿下は第二皇子殿下から『お前は第一皇子殿下のスペアのスペア』って言われたらしいんですが、社交界には洩れてきてたんでしょうか？　噂が広まって囁かれてたとか」

伯母様が珍しくわずかに顔を顰《しか》める。

「えぇ、ルイス殿下の評判が悪くなると同時にね。エリー、そこには抜けてる言葉があるの。『ルイス殿下は第一皇子殿下のスペアのスペアだ。それも出来の悪い』。出元は当然というか、ご側室様と第二皇子派の人達。でも第一皇子派も耳にして面白おかしく話してたから同罪ね。とにかく大元は皇帝陛下よ。私はそう思ってるわ。もちろんタンド公爵家の忠誠心は、微塵《みじん》も変わりませんけどね。これはあの人には内緒にしておいてね」

伯母様からの聞き取りは悪戯《いたずら》っぽい微笑で終わった。

◇◆◇◆◇

昼食後——

伯母様からの聞き取りを自分なりにまとめ、言動記録書と突き合わせていると、天使の聖女修道院の院長様の来訪を告げられる。

私が寝込んだ話は伝わっておりサロンにお通しした後、子ども達が描いてくれたお見舞いの絵を渡してくれる。

ハーブ畑で笑顔で手入れをしたりクッキーを試食する姿もある。

「ありがとうございます。大切にいたします。

シスター様達や子ども達に、もうすっかり元気だと伝えてくださいませ」

微笑みながら紅茶と料理長渾身のデザートでおもてなしした後、さっそく人払いした上で
「内々にお聞きしたいことが」と切り出す。

「院長様。実は〝ルー様〟のことなのです」

私はルイス殿下と言わず、あえて愛称の〝ルー様〟を用いて尋ねる。

2度目に修道院の聖堂で再会した時に、ルイス殿下自身が名乗った名前だったためだ。

院長様の穏やかな表情は変わらない。さすがだ。

「7歳の時、お母様とご一緒に墓参にいらして以降、毎年なさっていたことはご本人からお伺いしています。もし、よろしければ、その時のご様子をお聞きしたいのです」

「エリー様。なぜそのようなお尋ねをなさるのですか？」

院長様の澄《す》んだ双眸《そうぼう》が私を見つめる。私も静かに眼差しを交わし事情を告げた。

「実は、〝ルー様〟より結婚のお申込みをいただいております。ただ、私は〝ルー様〟のことをほとんど存じ上げません。とても大切なこととは存じております。だからこそ、客観的な第三者の目でお聞きしたいのです」

沈黙が流れる。

院長様は目を閉じてじっとお考えのようだった。

『やはり無理か』と思った時、院長様が一言おっしゃった。

「お話できることだけなら……」

「……ありがとうございます。充分でございます。……院長様。〝ルー様〟は8歳以降、一人で墓参においでだったのですね？」

「ええ、お付きの方はいましたが、墓地や聖堂では一人になりたいと仰せでした」

小さなルイス殿下が独り、どんな想いを抱え、あの墓地や聖堂にいたのだろう。

「〝ルー様〟はご自分をお責めになってはいませんでしたか？」

院長様は言い淀《よど》んだあと、ポツポツと話す。

「……はい。墓参の際はお時間を見て、お迎えに行っておりましたが『許して』『ごめん』と繰り返して、泣きじゃくっておいでの時もあり……。お付きの方が抱きしめて、あやしていらっしゃいました。聖堂でも『神様。僕が悪い子だったから、ごめんなさい。良い子になります。がんばります』と祈り続けていらっしゃいました。

思い余った私が、『〝ルー様〟は悪い子ではありません。良い子でいらっしゃいます』と言っても、泣きながら『みんながそう言っている』と首を横に振っていらっしゃいました……」

少年の小さな胸に、どれほどの思いが詰まっていたんだろうか。

『みんながそう言っている』が、今聞いて苦しくてならない。

答え合わせはこれで最後にしよう。

「……さようでございましたか。これで最後でございます。顔や手に、痣《あざ》や怪我をされていたことはございませんか？」

「はい。いらっしゃるたびにお怪我をされていました。傷や打ち身のためのハーブ入りのクリームをお渡したことが何度もございます。

『痛くても強くなるためなんです』と仰せで……。

『僕は護れなかったから、もっと強くなって、大切な人を、国を、護れるようになりたい』とも仰せでございました……」

私は深呼吸を静かにすると院長様に謝罪する。

「お辛いことをお聞きして申し訳ありませんでした。〝ルー様〟の想いは、この胸に大切に仕《し》舞《ま》っておきます。誰にも、〝ルー様〟ご自身にも、お伝えすることは決してございません」

「エリー様。〝ルー様〟と〝エリー様〟に、神の恩寵があることをお祈りしています。

お二人で道を歩まれるかは、お二人がお決めになること。

私はいつでもあの場所で、お待ちしております」

院長様のお優しいお言葉と慈愛深い微笑みに瞳が潤むが、じっと堪《こら》える。

「院長様にこそ神の恩寵がありますように。私もまた参らせていただきます。お疲れのところをお越しいただき、本当にありがとうございました」

私は馬車まで院長様に付き添い、正門へ向かって見えなくなるまでじっと見送っていた。

◇◆◇◆◇

「伯父様、伯母様。私、ルイス皇子殿下の結婚のお申し込み、お受けしようと思います」

伯父様からルイス殿下の言動記録書をお借りし、伯母様や院長様にお話を伺ってから、数日後──

私は伯父様の執務室でお二人に切り出していた。

「そうか、決めたか」

「決まったのね。おめでとう、エリー」

伯父様と伯母様も実にシンプルに受け入れてくれる。少し拍子抜けするくらいだ。

伯母様が両手を合わせ『パンッ』と軽やかな音を立てる。

「だったら、まずはルイス殿下にご連絡して、お越しいただかないとね。婚約式と結婚式の日取りを決めないと」

「まずは、皇帝陛下と皇妃陛下へお伺いではないのか？」

伯父様も伯母様もうきうきされていらっしゃるようだ。

「あなた。今回はルイス殿下ご自身が、結婚のお申し込みに単独でいらしてます。エリーも独立した貴族であるエヴルー女伯爵。ですから、エリー自身がルイス殿下へ承諾のお返事をする。二人で皇帝陛下と皇妃陛下にお許しのお伺いを立てる。もちろん後見役の私達も一緒です。

エリー。ただしくはこの段取りでしょう？」

伯母様が私に儀礼を確認する。先日の謁見の際、帝国の帝室儀礼と皇城儀礼の本に一通り目を通していたためだ。

「はい、伯母様の仰る通りです。ただ両陛下のご心証があるので、正式なお伺いの前にルイス殿下から『結婚に同意した』と簡易なご報告をされた方がよろしいかと存じます」

「うふふ。完璧ね。エリー」

「やっぱり儂の言う通りではないか」

お二人仲良しでご機嫌だ。こちらまで幸せのお裾分けだ。

あれ、結婚を承諾した、私がご機嫌のはずでは？

まあ、いいかな。

「あなた、お相手は皇子殿下なんですよ。滅多《めった》にない婿入り婚。これから面倒な儀礼が待ち受けてます。ご覚悟をなさいませ」

「わかった。祝い事だ。ケチを付けられんようにしなければな」

えっへんとふんぞり返った伯父様をよそに、一転、伯母様の目が輝き始める。

「それより何より、ドレスとパリュールの準備ね。婚約式と結婚式の二組《ふたくみ》。そのためにも日取りは早く決めないと。楽しみね、エリー」

先日の謁見のためのドレス作りの時のように私は気圧される。でも今回は一生に一度だ。少しずつ楽しみになってきた。帝国の一般的なパターンを確認してみる。

「あ、ありがとうございます、伯母様。伯母様の時は、婚約式と結婚式はどれくらいの間を空けてたんでしょうか？　王国だと婚約期間が長くなければ、一般的には婚約式が半年後、結婚式は1年後なんですが……」

「帝国も似たような感じよ。ねえ、あなた？」

「そうだな。ただ今回は帝室のお方がお相手だ。そうだ。ドレスとパリュールは二組ではなく三組だ。エリーの、エヴルー女伯爵から女公爵へ陞爵の際も必要だろう？」

伯父様が重大なことに気づいてくださった。仰るとおり三組必要だ。

それにルイス殿下は第三皇子殿下、私は隣国の公爵令嬢かつ、おそらく陞爵して女公爵となる。後見役はタンド公爵家だ。その費用を考えるだけでも恐ろしい。だがこれで経済が回る面もあるのだ。

王国での見積もりを思い出す。あの時は用意し始めるのを密かに延期しといてよかった。血税が無駄になるところだった。

「まあ、私としたことが！　そうだわ。その日程も考えてご相談しないと。招待客のリストもだわ」

「決まり次第、ラッセル公爵にもお報せしないとな」

「どの段階で連絡するかが問題よね。〝鳩〟を飛ばさないといけないでしょう？　お返事したあとかしら？」

「する前だと行き来に7日から10日はかかる。一往復で話が収まるか……。ラッセル殿は、エリーを大切に思われているからなあ。なにせ一人っ子で一人娘の結婚だ……」

お二人の視線が私に集まる。お父さまのことだから絶対に一往復ではすまない。反対はしないだろうが経緯は確実に聞いてくる。

「あの……。お父さまにはお返事を差し上げる前と後に1度ずつ、〝鳩〟を飛ばせばよろしいかと思います。手紙に詳しい経緯を書いて、よろしければルイス殿下にもごあいさつを書いていただいて、同封して送れば、父の気がかりが少しでも減るかと。それと、ちょっと伯母様にご相談したいことがあって。あの、ドレスやパリュールのことではありません」

話しているうちに引っかかることを思い出した。小さなことだが喉に小骨が引っかかったようだ。

今のうちに、ルイス殿下にお会いする前に解消しておいたほうがいい。

「あら、何かしら。では場所を変えましょうか」

「エリー。よかったら儂も話を聞くぞ？」

「ごめんなさい、伯父様。ちょっと恥ずかしいお話なので、まずは伯母様と、でお願いします」

うん。伯父様には絶対聞かせられない。心配してくれてるのにごめんなさい。

「ふむ、わかった。紳士は淑女の嫌がることをしてはならぬからな。ラッセル殿に送る〝鳩〟の準備でもしておこう」

「じゃあ、エリー。私の部屋に行きましょうか」

ちょっと寂しそうな伯父様を置いて、相談の場所を伯母様の部屋に移した。

◇◆◇◆◇

「それでどういった相談なのかしら。恥ずかしいって」

ハーブティーを給仕してくれたあと、人払いしている部屋で伯母様は楽しげに微笑む。

対照的に、私は恥ずかしさに顔を赤くしながら伯母様に答える。

この歳でこんなことを相談って――

「あの……。ご相談したいのは……。実は……。初恋の……。アルトゥール殿下との、想い出の品の、処分方法、なんです」

「え？」

ここで私は、王立学園の生徒総会での追及の場で、色んな意味で決着をつけるために、一つひとつ、二人の想い出の品を示した上でまとめ、お別れをしてきたと説明する。

「エリー。ごめんなさいね。念のため。アルトゥール殿下にも、その、初恋の品物にも、気持ちは全く残っていないのよね？」

「はい、まったく」

「でも、持ってきてしまったのね？」

「はい。迷ったんですが、お父さまとご相談する時間もなく、ただ置いていけば邪魔だったでしょう。今となれば、お父さまに処分や保存を頼んだりするのも違うかな、と思って。品物はこれです」

私は思い出の品のリストを伯母様に見せる。

「ふ〜ん。なるほど。エリー、まったく夢のない話をしてもいいかしら？」

「はい、伯母様」

「これを分けるとすると、可燃物と、燃やさずに引き取ってもらえるものに分別できるわよね？」

「え？」

何か、初恋の品物とは、すごくギャップのある言葉が聞こえたような気がする。

「白詰草の栞《しおり》は燃やせるでしょう？　誓約書や、リボン、房飾り《タッセル》、ハンカチ、ハーブの香り袋も可燃物だわ。豆本は価値があるかもしれないから別にして。この６つは確実に燃やせるわ」

「はい、伯母様。ただ、どこで燃やすか……。灰でもエヴルーの領地邸に残るのは嫌ですし、川に流すのも気が引けるというか……」

「だったら院長様にお願いしてみましょう」

「院長様に？」

天使の聖女修道院の院長様に、なにゆえに？

「えぇ、聖堂では祭壇前に花や果実を捧げているでしょう。毎日清掃なさったあとはどうしてるか、エリーは知ってる？」

「はい。花や果実は祈りを捧げたあと、堆肥《たいひ》になさってます。果物が入っていた籠《かご》などは別の場所で、聖壇の蝋燭《ろうそく》の火で燃やして灰は堆肥に混ぜて……。あ、そういうことですか」

「そういうこと。それならすっきりしない？」

「はい、すっきりします」

これで６つが一気に解決だ。

「豆本、銀のペン軸、ブレスレットタイプの時計も院長様に相談してみましょう。遺品の扱いで、棺《ひつぎ》にそのまま入れる時もあれば、修道院に処分を頼んでいる時もあると思うの。

たとえば、銀のペン軸とかは遺族の意向で古物屋に引き取ってもらう時もあれば、金属業者が溶かして売買する、とかね。紹介してもらえると思うわ」

なるほど。貴金属は溶かす。うん、跡形もなく物品の見分けもつかない、銀や金の延棒の一部になる。とても良い方法だ。

「銀のペン軸はそのまま出せます。ブレスレットは分解して金の部分は溶かし宝石と時計は外して売買希望です。代金は修道院へ寄附します。アミュレットの宝石は偽物、腕輪はメッキなので業者に鋳潰してほしいです。処理代金が発生したなら支払います」

「うんうん！　それでいいと思うわよ。あと、豆本は価値があったらどうするの？　わりとメジャーな作品だから値がつくかもしれないわ」

伯母様が意外な意見を仰る。確かにその可能性もある。

「値がついたら売買して寄附します。つかなければ燃やす方向ですね」

「孤児院の子ども達にあげるのは、どう？」

「そうですね……。子ども達は喜ぶとは思います。

ただ私が目に留《と》まるのが嫌なのと、万一にもルイス殿下に気づかれるのが恥ずかしいので、売買か焼却を希望します」

「売買されたらどこかで巡り合うかもしれないわよ？」

「その時は別の持ち主の所有物です。私のものではないので構いません。大切にしていたのでほぼ新品。書き込みなどもありません。巡り合ってもわからないと思います」

伯母様に話していると心の中の引っかかりが溶けていくようだ。やっぱり口に出すのって大切だ。

「わかったわ。残るは石のペーパーウェイトね。なんのかんの言って、一番取り扱いが難しいわ。領地の川に投げ込んじゃうとかどうかしら」

『木は森に、石は河原に隠せ』と言うし、それが一番手っ取り早いのだがまだ引っかかる。

すっきりしたいのに。

「我儘かもしれませんが、ルイス殿下と私の行動範囲にあるのは嫌なんです」

「ただの石でしょう？　川の中で形も変わって、苔《こけ》も生えて、見分けがつかなくなるでしょうね」

「……それでもなんとなく。あ、お父さまとの連絡で王国に使いが行きますよね」

「そうね。前よりは頻繁《ひんぱん》になるでしょう。一番はルイス様へ承諾のお返事をした後に出すお手紙でしょう」

「でしたら運び手に国境を越えた王国の川に投げ込んでもらいます。それなら気になりません」

王国のものは王国に――

これで解決のめどが立った。

「エリーがいいならそれでいいと思うわ」

「ありがとうございます、伯母様。これですっきりします」

私は伯母様へ満面の笑みを向ける。本当にすっきり。

初恋の想い出の品もさようなら。

「実物はどこにあるのかしら？」

「エヴルーの領地邸の私の部屋です。王国から移動してきた時のバッグに入っています」

「なら、盗まれる可能性もないわね。安心しなさい」

「はい、伯母様」

「これで後顧の憂いなく、３組のドレスとパリュールに集中できるわ。すぐにマダム・サラに連絡しないと。ね、エリー」

伯母様はにっこり、会心の笑みを向けた。

◇◆◇◆◇

今日はルイス殿下にお返事する日――

お手紙でご都合を伺った、２日後の午後。

ルイス殿下がタンド公爵邸にいらっしゃった。

今日はチャコルグレーのスーツを着て、緊張の面持ちだ。

黒短髪の前髪を後ろに流し、青い瞳は理知的だ。右頬の薄い傷痕も、涼やかな顔立ちを精悍《せいかん》にも見せてくれている。


サロンに入ってきた時、私と後見役のタンド公爵夫妻が立ち上がり礼をする。

私は優雅に深いお辞儀をし敬意を示す。伯母様も同様だ。

「ようこそいらっしゃいました、ルイス皇子殿下。どうぞお席へ」

伯父様がルイス殿下に席を勧めている。

私の返答内容を知っているのは、タンド公爵夫妻、伯父様伯母様と専属侍女のマーサのみだ。

おかげでこの２日間は美容のためにほぼ費《つい》やされた。肌はつるつるしっとり、髪はつやつやだ。今日は控えめで上品なお化粧に、金髪を美しく結い上げてくれた。

マーサ、本当にありがとう。

ドレスは公爵邸滞在のために作っておいた、ミントグリーンの長袖のAラインだ。

トップスにはデコルテや腕にレースが配され、磨かれた白い肌が透けて見える。

スカートにはオーガンジーが重ねられ、身動きするたびにふわりと柔らかい雰囲気を醸し出してくれていた。

「ありがとう、公爵閣下。どうか楽になさってください。ごきげんよう、タンド公爵夫人。ごきげんよう、エリザベート嬢。2週間ぶりだね。元気になったようで本当によかった」

そう、会うのは2週間ぶりなのだ。

高熱を発したとはいえ、ずいぶんお待たせしてしまった。申し訳ない。

ルイス殿下の呼びかけに、浅く俯いていた顔を上げると、深く澄んだ青い眼差しを受ける。

貴族的に微笑むも、あいさつの声が震えそうだ。腹筋で支え流麗に返す。伯母様のあとだ。がんばれ、王妃教育。

「ごきげんよう、ルイス皇子殿下」

「ごきげんよう、ルイス皇子殿下。先日は貴重なお見舞いの品、誠にありがとうございました」

高熱の中、一時的にでも救ってくれた〝氷室の氷〟のお礼を伝える。

青い瞳に優しさが灯り、眼差しが柔らかくなる。私は貴族的に微笑んだ緑の眼差しで受け止めるのに精一杯だ。

4人が席につくと紅茶が運ばれてくる。

胸の鼓動が早く落ち着かない。自分の耳に響いて聞こえてくる気がする。

首筋や頬が火照り冷ましたくて手を当てたいくらいだ。緊張を緩めようと丹田に力を入れ、深呼吸をゆっくり静かに繰り返す。

伯父様が伯母様の眼差しに促されルイス殿下に呼びかける。うん、早く言ってほしい。

「ルイス皇子殿下。本日は、先日お申し込みいただいた、我が姪、エリザベートとの結婚についてお返事をするため、お呼びだていたしました。

お忙しいところ、足をお運びいただき誠にありがとうございます」

「タンド公爵閣下。お招きありがとう。無粋者で申し訳ないのだが、さっそくお返事をお聞かせ願いたい」

伯父様が「エリザベート、お返事を」と私に呼びかける。

私が直接答えるとは思ってなかったらしく、ルイス殿下の瞳が大きく見開かれる。

ちょっとかわいらしい。その表情で少し落ち着いた私は、背筋を美しく伸ばしルイス殿下にゆったりと相対する。テーブルにはすでに淡い緑色の封筒が置かれていた。私はそれを取るとルイス殿下へ丁寧に差し出す。

「ルイス皇子殿下。こちらが私のお返事です。どうか、お確かめください」

「！」

こういう返しを予想していたのか、いなかったのか、ルイス殿下の顔に緊張が走る。

ルイス殿下の結婚を申し込んだ手紙には、騎士団で用いる識別票、シグナキュラムという鉄製のプレートが入っていた。

2枚と1枚に分けられ、長いチェーンに2枚、短いチェーンに1枚、通されていた。

帝国の騎士団では、騎士が戦地で亡くなった時の遺体確認に用いられているものだ。

騎士は氏名が線刻されたプレートを2枚身につける。万一戦死した時には1枚を戦友が報告用に持って帰り、もう1枚は遺体に付けたままにしておく。

そして帝国の騎士に伝わる古い風習では、その2枚とは別にもう1枚、家族や恋人、大切な存在に預けて戦地に赴く。

『無事に帰ってくる』という誓いの証、そして待つ者には『無事に帰ってきて』という願かけの意味もあるとされていた。

ルイス殿下が結婚を申し込んだ手紙には、この3枚の識別票が決して裏切らずに私を護る証として同封されていた。

返事が『否』の時には識別票全てを返し、『応』の時には小さなチェーンの識別票は預かってほしい、と認められていた。

差し出された封筒を受け取るルイス殿下の手は、ほんのわずか震えているようだ。

視線を手元から顔に移すと、黒髪を流した額にうっすら汗を浮かべた真剣な面持ちで封を開ける。

右頬の傷痕も紅潮しほんのり赤く染まっている。

「……確かめさせていただこう」

ルイス殿下の手のひらに封筒の中身が滑り落ちる。

そこには、ルイス殿下が用いる、２枚の小さなプレートを通した長めのチェーンのみがあった。

１枚のプレートを通した短いチェーンは、私の元にある。

つまり、返事は『はい、お受けします』ということだ。

「ふうぅ……」

深呼吸したルイス殿下の緊張が見るからに解けていく。さすがに鍛えられており姿勢は保ったまま、安堵《あんど》の表情を浮かべていた。

「ありがたく結婚のお申し込みを承ります。この識別票は大切にお預かりします。

約束どおり、無事に帰ってきてくださいませね」

私はそう答えると短いチェーンを通したプレートをルイス殿下に見せ、小首を傾げくすぐったそうに微笑みかける。

この答えを伯父様と伯母様の前で言うのって、今さらながら恥ずかしい。

「おめでとうございます、ルイス皇子殿下。エリザベート」

「ルイス皇子殿下、おめでとうございます。エリザベートをよろしくお願いします」

伯父様と伯母様がにこやかに祝福してくれる。

「ありがとう。公爵、夫人。エリザベート嬢。どうか末長く、よろしく」

「ありがとうございます、伯父様、伯母様。

ルイス皇子殿下。どうか幾久《いくひさ》しく、よろしくお願いいたします」

ルイス殿下が伯父様と伯母様に、貴族的微笑でなく白い歯を見せて爽やかに笑いかける。

「二人とも、いつもの呼び方に戻してくれたら嬉しい。

すっごく緊張してたんだ。厳しい訓練を一日通してやった時より疲れたよ」

「では、殿下。残念ながら休む暇はありませんぞ。これからの段取りを打ち合わせねばなりません。また、エリーの実父、ラッセル公爵殿に婚約のごあいさつのご一筆をお願いいたします。エリーを深く愛しているお方です。それなりにご覚悟召されよ」

「了解した。打ち合わせはここで？」

「はい。エリーや家内がいたほうがいいでしょう。エリーはすでに帝国の帝室儀礼をほぼ頭に入れているのです」

「あんなややこしいものを本当にすごいよ、エリー。あ、っと失礼。

エリザベート嬢。あなたをエリーと呼ぶ権利を私にもらえるだろうか」

悪戯っぽく笑い問いかけてくる。無邪気なためか不思議と歳下にも感じる。ルイス殿下にエリーと呼んでもらって嬉しい日がやってくるとは。初めて勝手に呼ばれた時も、ここタンド公爵邸だった。『失礼な』と思った自分を少し懐かしく思いつつ、優美に微笑む。

「もちろんですわ。ルイス皇子殿下」

「私もルーと呼んでほしい。騎士団でも皆からそう呼ばれてる。夫妻は殿下呼びだけどね。

エリーと結婚式を挙げれば殿下は取れるから、ルイスかルーで頼むよ」

「かしこまりました、ルー様」

「では、私的な場ではルイス様で」

「私もですわ。つい殿下とお呼びしそうですけど。ピエールと一緒に悪さをするたびに、『殿下！』と何度となくお呼びしていましたので抜けませんの。おほほほほ……」

「まいった。エリーの前で旧悪が暴露されてしまったよ」

一気に家族団欒《だんらん》の雰囲気だ。

伯母様が指示し、新しくハーブティーが入れられ皆でゆっくり味わう。

そこからは事務手続きの打ち合わせだ。

伯父様の評価どおり、ルイスは書類にも強く的確な意見を述べる。

スケジュールを一目でわかるように書き込んでいく。まずは行う段取りも決まった。

「父上と母上にはさっさと伝えておく。3分でいいんだ。割り込ませてもらうよ。誰にも邪魔されたくないからね。俺のエリーを誰にも渡したくないんだ」

ルイスのはっきりすぎる言葉に、私の首筋から頬が薄紅色に染まっていく。

「んんっ。ルイス様。ラッセル公爵殿へのお手紙は、まずは礼儀正しく願いますぞ。実に聡く賢い方です。浮かれたくなるお気持ちはわかりますが、手紙を書く時は、真摯《しんし》に、居住いを正し、邪気を払った上で認めてください」

伯父様、邪気って何？　邪気って？

「了解、公爵。そうだ、夫人。エリーが身につける3組のパリュールは、俺が贈りたいんだが」

「ルイス様。エリーは皆に愛されてますの。おそらく1組はご実父ラッセル公爵閣下より、残り2組は帝室と我が家からになるでしょう」

「そうか。俺の歳費が使われずに貯まってく一方なんだ。ではドレスで頼む」

「かしこまりました。婚約式の衣装は実家が、結婚式の衣装は婚約者が用意するのが慣例です。陛爵の時は我が家が用意いたします。ね、あなた？」

「あ、ああ。ルイス様。女性の衣装や宝飾の恨みは恐ろしゅうございます。ここは従っていたほうがよろしいかと」

「俺のエリーにより美しくなってほしいだけなんだが。ただ公爵の言うとおり夫人は専門家だ。ん？　エリー？　ぼうっとしてどうした？　疲れたか？」

ルイスが私の額に手を伸ばそうとした時、伯母様がピシリと跳ね除《の》ける。

「許可なく令嬢の身体に触れてはいけませんよ、ルイス様。エリーの評判にも関わります。エリー、大丈夫？」

「えぇ、大丈夫。伯母様。ルー様。ご心配かけてごめんなさい。夢みたいで、こんなに嬉しいのに現実感がなくて……」

「そうか。じゃあ、現実を自覚するのに、俺の手紙の添削《てんさく》をお願いできるかな？　夫人、便箋を頼めるか？」

「承知しましたわ。ルイス様」

下書きした上で、さらさらと読みやすい書体で綴っていく。

帝国共通語ではなく王国語で書いてくれていて、そういった心遣いも嬉しく思える。

細かい言い回し以外はほぼ完璧で、お父さまが少しでも安心してくださるように心から願い、前もって書いていた手紙に同封する。

「これは今日送っておくわ。〝鳩〟の手紙はもう少しあとで書きます」

伯母様に渡し、ほっと一安心だ。

その時、ルイスが伯母様に真面目な口調で申し出る。

「夫人。エリーのお母上、アンジェラ殿の肖像画を拝見しに行ってもいいだろうか」

「アンジェラの？　えぇ、殿下なら構いませんよ。どうぞ、ご自由に」

「エリー、お手をどうぞ」

「ありがとう。ルー様」

ルイスは私をエスコートしながらタンド公爵邸内を、勝手知ったる、といった雰囲気で公爵夫妻の部屋付近へ向かう。

その廊下には、ここタンド公爵邸で生まれ育ったタンド公爵令嬢、描かれたころはエヴルー女伯爵、そして私のお母さまである、アンジェラ・ラッセル公爵夫人の肖像画があった。

すばらしい彫刻が施された額に縁取られたキャンバスのお母さまは、紺色のドレスを身につけ、月の光を集めたような銀髪に、湖のような青い瞳が神秘的でもある。

元々の公爵令嬢の身分を示す、公爵夫人に代々伝わるネックレスやイヤリングといった宝飾品を身につけて描かれていても、遜色なく誇り高くも見える。

全体的に優美で上品に見え、微笑をたたえた意志的な口許に少しだけ芯の強さも窺えた。

「お母さま。こちらはルイス第三皇子殿下でいらっしゃいます。今日、私の婚約者になってくださいました」

正式には婚約式が行われてからだけど、ほぼ内定ということで許していただこう。

ルイスは私の手をエスコートからそっと外す。

何を思ったのか、肖像画に対し、貴婦人に礼を取るような見事なボウアンドスクレープをし、お母さまにあいさつする。

「アンジェラ・ラッセル公爵夫人。帝国の第三皇子であり、国家の守護たる誇り高き帝国騎士団で参謀の任に就く、ルイスと申します。このたび、あなたの愛娘エリザベート嬢の婚約者となりました。必ず幸せにします、いえ、二人で共に幸せになります」

私はルイスが肖像画のお母さまに正式な礼を取ってくれたことに、そして『二人で共に幸せになります』という言葉に心が強く揺さぶられる。

さまざまな思いがあふれ、堪えきれず、はらはらと零れてくる涙を止められない。

「エリー……」

それでもなんとか微笑もうとする私の名を愛しそうに呼び、あの祝賀会でのベランダのように、ハンカチを優しく頬に当ててくれたルイスだった。

7章　悪役令嬢の目標

【ルイス視点】

タンド公爵邸では長男夫妻、次男ピエール夫妻も同席し、婚約内定祝いの晩餐を用意してくれていた。心遣いに感謝する。

エリーも喜んでおり、お祝いされるたびに照れていて本当にかわいらしい。

ほとんどが笑顔で祝福してくれる。

ピエールの妻は、エリーに赤ワインをかけようとし結果的に俺にぶちまけた伯爵夫人の親戚で、彼女だけがわずかに微妙な雰囲気だった。

明るいが細やかな気配りが苦手なピエールはそれにまったく気づいていない。エリーが察して会話と笑顔で歩み寄り雰囲気を好転させていた。責めずに前を向き関係改善に努めるところがエリーらしくて好きだ。

そのエリーが高熱を出した、と聞いた時は俺のせいだと思った。自分ができることでせめて辛さを軽くしたくて、皇族の権利で初めて氷室の氷を取り出させて贈った。

今まで真夏の暑気払いに味わったことなどほとんどない。

この2週間、エリーの回復を案じ手紙が来ては一喜一憂し、ジリジリ待っていたかいがあった。

祝いの酒に少々酔ったが、騎士団で鍛えられているので素面《しらふ》とほぼ同じだ。

エリーや公爵夫妻に頼まれた父母への報告をするために皇城の居室へ行く。久しぶりだ。

侍従を母と父の居室へ送り数分だけ話したいと告げる。


偶然、父が母の許にいると知らされた。

後宮のため無理かと思いきや、許可が出たため会いにいく。

後宮のプライベートゾーンだからあいさつも簡略だ。

「遅くに失礼します。父上、母上」

「どうした。ルイス。こんな夜分に」

「申し訳ありません。父上」

「ルイス、何かあったの？」

「実は、お話ししたいことがあるのです」

ソファーに寄り添い座っている二人――

どこかしどけない格好なのはそういうコトなんだろう。せめて身だしなみは整えてほしかった。その時間はあっただろうに。

相変わらず仲がよろしいお二人だ。と、どこか冷めた目で、両親について達観している自分がいる。これに気づいたのは何歳くらいだろう。

それはさておきエリーとのことを報告する。結婚の許可を得る謁見の約束をしなければならない。第一関門だ。

「今夜はご報告とお願いがあってまいりました。本日、タンド公爵の姪、エヴルー卿から求婚の承諾を得ました。後見役であるタンド公爵夫妻も、私とエヴルー卿の結婚に賛成、祝福してくれています。父上と母上に、結婚の許可を得る謁見をお許しいただきたいのです」

「結婚ですって？」

母が驚いている。珍しい。

「はい」

「ちょっと待った。聞いてないぞ」

父も少し慌て気味だ。ある程度、伝えてはいただろうに。

「そうですか？　父上には祝賀会の夜、『エヴルー卿に非常に強い好意を持っている』とお伝えしております。『良い令嬢だ。励め』との仰せでしたが？」

「好意と結婚は違うだろう？」

思わずしらあとしてしまう。

さっきまでいちゃいちゃしてた雰囲気のあんたらを目の前にして、どう答えろと。

話が進まないので答えるが。

「そうでしょうか。女伯爵たるエヴルー卿、それもタンド公爵の姪に強い好意があるのなら、火遊びや恋人止まりは考えられません。タンド公爵の怒りを買い、国政が停滞してしまいます。まさか、『励め』とはそういう意味だったとは？　思いもよりませんでした。父上とは違い無骨者なもので……」

「いや、それは違う。断じて違うぞ。だが……」

俺の言葉に焦りを帯びる。

後宮でこの人の前だとこうも違うのだな、と改めて思う。

俺に紛争の解決を迫った時とは大違いだ。皇帝も一人の男というわけか。

「父上。私は皇位継承からも遠い第三皇子です。エヴルー卿は、隣国で宰相を務めるラッセル公爵の愛娘。そして帝国の柱石《ちゅうせき》たる廷臣のタンド公爵の姪。釣り合いはとれていると思います。なお約４ヶ月前に婚約解消はしましたが、相手の王太子の有責で彼女に問題はありません。

厳しい王妃教育を乗り越えた素晴らしい女性です。エヴルー卿としても領地の発展に寄与しようと努力しているのは、母上もその身をもってご存じですよね？　『素敵なお嬢さんでないこと？　私の使者をチャンスにできるかはあなた次第よ』などとも仰せでした。反対するならば理由をお聞かせ願いたいのですが？」

「……」「……」

両親共に黙って顔を見合わせる。これだけ勧めといていざとなったらこの反応か。

お～い。さっさと言ってくれ。『謁見を許す』って。

「いや、少し待て。話を急ぎすぎではないか？　つい先日、帝国民になったばかりだぞ？」

「皇太子殿下からも『あの才能を絶対他国に流出させるな。早く口説け』と催促されました。私が失敗すれば、ご自分の側室にするお気持ちもあるようですが？

父上は才気溢れるエヴルー卿が他国へ行ってもよろしいと？」

「いや、そうではないが……」

この渋りよう。そういや、何でも知ってなきゃ気がすまないタイプだった。さすが皇帝陛下。蚊帳《かや》の外だったからすねてるわけか。この人を相手にするより皇妃陛下のほうがまだいい。

「母上。エヴルー卿は、あなたの身体を臣下として第一に考え、体質改善のため真剣にハーブティーを調合しようとする優しさがあります。そして領地経営に抜きん出た才能があり、王妃教育による多種多様な教養を持つ女性でもあります。私の結婚相手としてふさわしいと考えるのですが、いかがでしょう？」

「……そうね。良いお嬢さんだとは思うわ」

「ちょ、ちょっと、お前……」

「あなた。いえ、皇帝陛下。ルイスについては過ちを犯そうとする以外、親として私達がどうこう言う権利があるとお思いですか？　公としても申し分ないお相手だと思います」

「……」

「エヴルー卿は素敵な女性と思うわ。おめでとう、ルイス」

「ありがとうございます。母上。父上も祝ってくださるということで、よろしいでしょうか？」

「お前に嫁ぐなら、エヴルー伯爵はタンド公爵家の従属爵位に戻すのか？」

祝いの言葉ではなく問いただしてくる。

「いえ、自分が婿入りします」

「はあ!?　お前が婿入りだと!?」

いちいちうるさい。婿入りのどこが悪い。

「父上。私は近いうちに臣下に降り、公爵位と領地をいただけるというお話でしたよね？」

「ああ、そうだな。そういう話もした」

「でしたら、エヴルー伯爵を公爵に陞爵し、近隣の帝室直轄領をいただき公爵領にふさわしい規模にした上で、私が婿入りしても差し支えはないでしょう？　過去には前例もあります」

「だからといって婿入りとは……」

「公爵家の後継者が一人娘の時は、皇室から継承権第三位以下の皇子が婿入りする前例は嫌というほどあるではありませんか？　エヴルー卿はタンド公爵の姪です。公爵への陞爵と領地は、私が今回の紛争で得た褒賞とお考えください」

「……」

都合が悪くなるとこの人は黙り込む。家庭内の問題ではいつものことだ。

まあ、こんな風に思えるほど接触はしていないが。

「理性的な賢帝と言われる父上が、理解できないとは到底思えません。またエヴルー卿の人物については、天使の聖女修道院の院長も高く評価しています。

まだご不満ですか？」

「……あい、わかった」

やっと同意してくれた。遅かれ早かれなんだから早くしてほしい。

「ありがとうございます。では儀礼官に伝えておきます。謁見の予定が入りましたら、どうかよろしくお願いします」

「ルイス。忙しいようだから身体には気をつけるのよ」

「母上もご自愛ください。父上もお気をつけください。失礼します」

まったく。人の言うことをちっとも聞いていない。昔からだ。

あの人達にとって俺は空気で、役に立つ時だけ現れるものなんだろう。

もう、慣れたけどな。


侍従に案内されながら後宮を抜け自分の居室に一旦は戻る。広すぎるところにたった独り、住んでいる寮の部屋の10倍以上の広さだ。ガランとして冷たい空気は〝あの時〟から無性に落ち着かなくなった。

特に今夜はタンド公爵邸での団欒や、エリーの優しさに触れたあとだけに辛い。すぐに出て同じ皇城内の騎士団の寮へ向かう。あそこには親しい仲間もいる。

婚約内定についてはまだ話せないが『狭いながらも楽しい寮部屋』だ。

祝杯代わりに今夜はまだ飲みたい気分だ。エリーの横に立てる第一歩は踏み出せた。

俺は夜空の星を見上げ、エリーの言葉を思い出していた。

◇◆◇◆◇

ルイスに結婚承諾の返事をした翌日――

皇城からの使いが5日後の謁見の許可を伝えた。

またもや美容期間かつ、ドレスの緊急調製に入り、前回の謁見までの準備を早回しで体験した。


皇帝皇妃両陛下への謁見当日――

ルイスと私、伯父様、伯母様の4人で、皇城の控え室で待つ。

私はルイスの瞳の色に似せた、高襟、長袖の青いデイドレスだ。上品なデザインでシンプルながらも印象的に仕上げてくれた。

伯母様、マダム・サラと工房のお針子さん達、本当にありがとう。


伯母様は紺色のデイドレス、伯父様とルイスは黒のスーツだ。

「エリー、とてもすてきだよ。エリーの美しさをデザインで引き立ててる。タンド公爵夫人、短い間にありがとうございました」

「ルイス皇子殿下、ありがとうございます。仰るとおり伯母様のおかげなの。ルイス皇子殿下もすてきです。黒のスーツがとっても似合ってます」

「ルイス皇子殿下、とんでもないことでございます。後見役として当たり前でございます」

「そうですとも。エリーは私どもタンド公爵家にとっては娘も同然。

これほど早く謁見を実現していただき、ありがとうございます」

「いえ、私こそ……」

雰囲気も明るく歓談していると、侍従から呼び出しを受け謁見の間に入場する。

ルイスと私が前列に、伯父様と伯母様がその後ろに控えてくれている。心強い。


儀礼官が皇帝皇妃両陛下のご来臨を告げる。私達4人は最高の敬意を示し、礼の姿勢を取る。

私はかなり深いお辞儀だ。振る舞いもこの5日間、さらに磨きをかけてきた。私を選んでくれたルイスに恥をかかせるわけにはいかない。

衣擦れの音と共に、皇帝皇妃両陛下が御座に着席された気配がする。

伯父様による請願が始まる。私エヴルー卿とルイス第三皇子殿下の婚姻の許可を乞《こ》う、帝室儀礼に則った文言を堂々と述べる。さすが伯父様だ。本番にお強い。

ここで皇帝陛下が小さく咳をした。

「ルイス第三皇子、タンド公爵、並びに夫人。どうか楽にするがいい。ちと、エヴルー卿に尋ねたいことがあってな。エヴルー卿、ルイスの父として尋ねる。よいか？」

皇帝陛下に「よいか」って聞かれて、「嫌だ」って言えるの、お隣りにいる皇妃陛下くらいでしょう。

これは、『ご下問』だ。王妃陛下に散々やられた。悪い意味で懐かしい。

私はゆっくりと動き、長く同じ姿勢を保てるよう筋肉を調整した。

お辞儀は続けながらも、眼差しは皇帝陛下の胸元に向けるようにする。

双方向のコミュニケーションを取るためだ。

そして貴族的微笑を浮かべお答えする。

「御意《ぎょい》にございます。いかようなことにもお答え申し上げます」

さあ、どうぞ。ルイスのことが心配で聞いているのかわからないが、それにより皇帝陛下の気持ちも確かめられる。私にもいい機会だ。

「では問おう。エヴルー卿よ。ルイスのどこが気に入ったのだ。この短期間に」

これはあんまり短い時間だから、ルイスの地位目当てじゃないかってことかな?

「恐れながら申し上げます。ルイス第三皇子殿下のご誠実なところでございます。皇帝陛下はもちろんのこと、国民に対しても、騎士団に対しても、そして私にも、誠実さを示してくださいました。自信を無くし傷ついていた私に『君は自分が護るべき平和そのもの、穏やかな生活そのものだ』と励ましてくださいました。そして『私は決して裏切らない。共に幸せになろう』と仰り、言葉だけではなく行動でも教えてくださいました。

恐れながらも、お父上である皇帝陛下、お母上である皇妃陛下の、臣民に対する御心、御政策に似ていらっしゃると感服いたしました。私にとっては、充分なことでございます」

ルイスについては、本当のことしか言っていないし、ご両親上げもしておく。文句を付けられないように。皇帝陛下は顎《あご》を指でさすりながら、うっすら微笑んでいる。

あ〜。皇太子殿下は父親似確定だ。この人、何気にめんどくさそう。

「ふむ、そうか。ルイスは頬に傷を負っているが、気にはならぬのか？」

「まったく気になりません。むしろ、はっきり申し上げれば、ほれております」

帝室儀礼には相応《ふさわ》しくない言葉だけど、傷を持ち出したのにはカチンときた。

美醜だけで結婚相手を選ぶと思うな。貴族的微笑はきっちりと保つ。

「ほれているだと？」

「はい。その身をもって、部下を、国民を、帝国を守ってくださった証でございます。

また、それは私を守ってくれたことに変わりはございません。いかにしてもほれないわけはございません。私はその心意気にほれております。

私見ながら、お父上である皇帝陛下の勇敢さを受け継がれたのでございましょう」

これも本当のことだもの。皇帝陛下上げが面倒になってきたけど、こういう人ってプライド高いしなあ。お約束だと思っとこう。

このあといくつも質問が続く。横にいるルイスから怒りがうっすら伝わってきた。

私は言葉の合間に「このように寄り添ってくださるルイス第三皇子殿下が」と、ちらりと微笑みかけ、目線と小さな頷きで『大丈夫』と宥めておく。

『そろそろネタ切れかなぁ』と思っていたら、我がエヴルー伯爵家と、実家ラッセル公爵家、親戚タンド公爵家にとっては、最後通牒《つうちょう》みたいな質問がなされた。

「それにしてもエヴルー卿はアンジェラ嬢にそっくりだな。魅力ある美人で多くの男性が恋焦がれていた。この国に慣れ社交を盛んに行えば、そなたもそうなるのではないのか？」

あ〜。突いちゃいけないところを突きましたねえ、皇帝陛下。

よりにもよって、〝天使効果〟に悩んでいたお母さまにかこつけて私がなんだって？　まるで母娘そろって男性に囲まれていたい悪役令嬢扱いだ。

背後の伯父様・伯母様からも抑制された〝圧〟を感じる。伯父様が「恐れながら」と切り出す前に、私が答えよう。私への〝ご下問〟だ。

そっちがその気なら、こっちもそれなりの対応をさせていただきます。

私はあえてゆっくりと答え始める。丹田に力を込め、はっきりと意味を乗せた聞き取りやすい声で、貴族的微笑みを浮かべて――

「恐れ入ります、帝国を遍《あまね》く照らす太陽たる皇帝陛下。私はご覧の通り、金髪に緑の瞳。ご存じかとは存じますが、〝隣国〟で今も元気に政務を執らせていただいております、父・〝ラッセル宰相〟譲りの髪と瞳の色にございます」

皇帝陛下の頬がわずかに動く。今まで私が持ち出さなかった、父であり友好関係を保つ隣国宰相ラッセル公爵の名を口にしたためだろう。

そうですよ。陛下が言ったアンジェラ嬢は、お父さまが今でも愛してやまないお母さまなんです。私は冷静に言葉を続ける。

「母アンジェラは、銀髪に青い瞳。私が3歳の折《おり》、天に召されました。はかなく美しかったとしか覚えておりませんが、〝父である宰相〟は、月光を集めたように実に神秘的な印象で、一目ぼれしてしまったと申し、今でも深く愛しております。

その〝父・宰相〟は、私と母は顔立ちが似ていても、印象も性格も全く異なると申しております。私と母アンジェラを、最も長く比較してきた、〝父・宰相〟の言葉でございます。

また、ここにおります〝帝国の柱石〟で〝伯父であるタンド公爵〟も同様に、母アンジェラを妹として深く愛しておりましたが、私はまた別の人間だと申しております」

私の言葉は父の言葉。隣国宰相の代弁をさせていただきます。ついでに伯父様タンド公爵閣下のもね。

ここで一転、苦しそうな、切なそうな口調に切り替える。だって、お母さまは悩み苦しんでいたのだから。

「……私には、母のような、誘蛾灯《ゆうがとう》のように、男女関係なく、〝人間〟を惹きつける不思議な事象は、一切、ございません……。実際に、婚約相手の有責で解消しています……。

また母もこの不可思議な事象を非常に苦慮し、悩み苦しみ続けました……。トラブルを避けるため、華やかな帝都の社交界から去り……。天使の聖女修道院様に救いを求め、エヴルー領地に移り住み……。さらに隣国にまでまいるほど辛い思いを生涯抱えておりました。このことは、皇帝陛下の深いお慈悲をもってご理解くださいますよう、伏してお願い申し上げます……。

これはエヴルー伯爵家、ラッセル公爵家、タンド公爵家の悲願にございます……」

私は三家を代表し、柔らかい表現だがはっきりと皇帝陛下に抗議する。

そして、母、アンジェラはアンジェラ、私、エリザベートはエリザベートと知っていただくため、口調をやや明るめに変える。

「今でも〝隣国〟から私を気遣ってくれる、〝父・ラッセル公爵〟は、私を花でも、蝶《ちょう》でもなく、麦にたとえておりました。なぜかおわかりにございますか？」

「麦だと？　あの、食べる麦か？」

私の質問が意外だったらしく、食いついてきた。ヨシッ！

「さようにございます。国民の多くの糧《かて》である、あの麦にございます。父は、私の緑の瞳を、麦の若葉のようだと愛《め》で、実った麦穂のような金の髪だと、愛してくれております。そして何よりも、麦のように踏まれてもまた立ち上がる。希望を捨てずに前を向く。まるで自分にそっくりだと。たくましい父そっくりの私ですので、はかなげな月光のような風情で、あまたの男性を惹きつけたと〝風評〟され、精神的な苦痛を長年被《こうむ》った、母のようなことはございません。私は、ルイス第三皇子殿下、一筋にございます。皇帝陛下の御心をご心配させ申し上げましたが、〝実父・ラッセル公爵〟の〝お墨付き〟でございます。

私はルイス第三皇子殿下を、唯《ただ》一人の伴侶として生きてまいりとうございます。どうかお許しくださいますよう、伏してお願い申し上げます」

ここでさらにぐっと、お辞儀を深くしてみせる。

連呼した父とは、言わずと知れた友好関係にある隣国の宰相、ラッセル公爵だ。

その父が言うことに、いくら帝国の皇帝陛下でも難癖をつけるのはいかがなものか？

さあ、どう出る？

「……うむ。エヴルー卿のルイスへの真摯な気持ちは、ようわかった。

ルイスもよい娘を選んだの」

ふう。これで長い長いご下問が終わったようだ。あと少し、最後まで気を緩めてはいけない。てか、陛下。私を『楽にさせる』の、すっかりお忘れですね。ここまできたら、まあ、いいけど。

「はっ、ありがとうございます」

「タンド公爵。二人の結婚を、皇帝の名の下に認可いたす。儀礼官と共に、婚約式、結婚式の日取りを定め、公にするがよい。では、これまでといたそう。

エヴルー卿。いや、我が義娘《むすめ》ともなる、エリザベートよ。ルイスを頼んだぞ」

やっと認可が下りた。ここは猫を総動員でかぶっておく。

「かしこまりました。終身の貞節を捧げ心よりお支え申し上げます」

ここで初めて皇妃陛下が口を開く。

「エヴルー卿。私もエリザベートと呼ばせてね。いつも気遣ってくれてありがとう。ルイスをよろしくお願いします」

「はい。この身に代えましてもお支え申し上げます」

皇妃陛下のルイスへのお気持ちはよくわからないままだ。まあ、焦っても仕方ない。少しずつ行こう。

「では、まいろうか」

「はい、陛下」

儀礼官が謁見の終わりを告げる。お二人は立ち上がり、広い謁見の間に豪奢な衣装で衣擦れを響かせ退室する。私達も謁見の間を出て控え室へ移動する。

「エリー、よく耐えてくれた。すまない。あんなことをするなんて！」

「大丈夫です。息子のお嫁さんがどんな人間か確かめたかったんでしょう。なんと言っても帝国では新顔ですもの」

「陛下もいったいどういうおつもりなのか。後日お話しさせていただく」

うわ、伯父様が本気で怒ってらっしゃる。

「そうね。我が公爵家を甘く見られても困ります。中立派で帝室支持だからといって、無礼が許されると思われるのは困るもの。さあ、帰りましょう。今日の皇城は空気が悪いこと」

伯母様も心底ご不快なご様子だ。

静かに怒っていた伯父様伯母様と共に、皇城を退出しようとした時、酷使していた足が少しふらつく。

「危ない！　エリー！　やっぱり相当負担がかかってる。ちょっと楽にして、俺に身体を預けて」

「え？」

ルイスは軽々と私をお姫様抱っこすると、悠々と皇城を歩み始める。

伯父様と伯母様は苦笑しているが止めようとはしない。

何これ？　何のお仕置き？　思わず両手で顔を隠す。

ルイスは「あんな質問責め、ごめん」「大丈夫、さすがエリーだったよ」「帰ったらゆっくり休んで」などと囁き、私はこくこく頷くだけだ。

行き交う官僚達の生温《なまあたた》かい注目を浴びながら、馬車まで連れて行かれた。

◇◆◇◆◇

「俺も行くよ」

いったんエヴルー領へ帰りたいと話すと、ルイスが同行を申し出た。

謁見の日から数日後、伯父様と儀礼官の話し合いの結果、私とルイスの婚約式と結婚式、公爵への陞爵の日程が決定した。

婚約式は半年後、結婚式はその半年後、つまり今から1年後、陞爵の儀は結婚式の1ヶ月前だ。

この内容は皇城の広報官より皇帝陛下のお名前で告知され、新聞にも大きく取り上げられた。

なぜか『エヴルー卿とルイス殿下が〝運命の恋〟に落ちた』などど書かれている。

このフレーズだけは勘弁してほしい。


隣国を含めいずれも公爵が関与している。

これだけ大規模な式典だと目標を定め、スケジュール調整した上での同時進行だ。

婚約式、結婚式、陞爵の儀のドレスとパリュールも、伯母様とマダム・サラ、私、なぜかルイスも参加し、討議の上、決定する。

費用は衣装も含め、婚約式はラッセル公爵家、結婚式はルイス、陞爵の儀はタンド公爵家が分担することとした。

お父さまは驚いたことに〝鳩〟の2往復で納得してくれた。

早馬で送ったルイスのあいさつ状と同封した手紙が決め手のようだ。

ルイスの肖像画を送ってほしい、婚約式の費用はすぐに口座に送金する、と知らせてきた。

桁《けた》が違うのではないか、と思わず二度見したほどだ。

婚約式と結婚式、陞爵の儀のあとの夜会の招待客のリストは、私と伯父様、ルイス、帝室担当者で検討するため、その資料を作る。

そして新しい公爵邸の建築、使用人の採用、教育など、山ほどある仕事を各々担当し、目標設定、実行、検討、軌道修正の繰り返しだ。

王国での公務を思い出す、こともなく進めていった。


そんな中、エヴルー領が気になって仕方なかった。

２ヶ月以上も空けている。アーサーが代官を務めてくれているとはいえ、領主は私だ。

また院長様にもお会いしたいし、皇妃陛下のハーブティーの調合もある。エヴルーからハーブを運んできてもらい、試作は繰り返している。だがやはり、修道院やエヴルー邸のハーブから直接選び、何よりお母さまの記録簿を参考にしたかった。

◇◆◇◆◇

ルイスが同行の目的と理由を教えてくれる。

「院長に婚約の報告をしたいし、エヴルー邸の使用人達に会いたいんだ。エリーを守ってきてくれた大切な人達だ。新しい公爵邸でも中心となって仕えてくれるだろう。早めに信頼関係を築きたいんだ。特にアーサーと」

アーサーには新しい公爵領と邸宅でも、同様の仕事を任せる予定だ。

ただルイスの気持ちもわかるが、私達はまだ正式に婚約を結んではいない、内定の関係だ。伯父様と伯母様に相談すると、絶対に二人っきりにならないことを条件とされ、ルイスは誓ってくれた。

というわけで、帝都を早朝に出発した馬車はまもなくエヴルー領に入ろうとしていた。

「マーサ、懐かしいわね。ルー様、もうすぐエヴルーです。って……修道院に行かれてたからご存じですよね」

「エリーと一緒に眺めるのは格別だよ。それにエリーと共に治めるんだ。見方が違ってくるよ」

馬車の中には、私とルイス、そして約束通りマーサがいる。ルイスはマーサから、エヴルー領のこと、領地邸《カントリーハウス》のこと、そしてエヴルー領での私の過ごし方などを尋ねて話題にしていた。お喋り上手なマーサの話に興味津々の様子が、照れくさくも恥ずかしくもある。

馬車が領地邸に到着する。

手紙を数日前に出し護衛を先触れに出していたためか、私が王国から到着した時のように使用人全員で出迎えてくれていた。

その前にアーサーがにこやかに立っている。

「ただいま、アーサー、みんな。お出迎えありがとう。

こちらがルイス第三皇子殿下です。私の婚約者に内定した方よ。よろしくお願いね」

「アーサー、エヴルー邸のみんな。ルイス第三皇子だ。ルイスと呼んでほしい。エリーと婚約を結ぶ。彼女をずっと大切にすることを皆に誓う。しばらく滞在する予定だ。よろしく頼む」

「ルイス第三皇子殿下、ようこそお越しくださいました。領地邸を挙げて歓迎させていただきます。エリー様、お帰りなさいませ。正式なエヴルー卿叙爵、誠におめでとうございます。また帝都でのお勤め、お疲れ様でございました」

ここで皆が一斉に拍手しながら「おめでとうございます」「お帰りなさいませ」などと口々に祝福してくれる。貴族の使用人としてはマナー違反かもしれないが、これが我が家の家風なのだ。来客によって通常の貴族的対応もできる、有能な使用人達だ。


少し遅めの昼食には新鮮な食材が並ぶ。ハーブの香辛料は、慣れていないルイスの味覚を考えてくれたのか控えめだ。ルイスは新鮮な牛乳やチーズ、野菜などを用いた料理に目を輝かせ、食欲も旺盛だ。最後のデザートまで完食した後、料理長を呼び出し感想を伝え質問したほどだった。

そして私がしたように、使用人一人ひとりの顔が見たいと話す。

「ルー様。私は〝天使効果〟のことがあったから面談したの。そんなに急がなくても大丈夫。

移動でお疲れでしょう？」

「騎士団の訓練に比べたらなんてことはない。顔と名前の一致は大切だろう？」

結局私が押し切られ、サロンでお茶をしながら一人ずつ呼び出す。最初のアーサーから最後の庭師まで、ルイスは笑顔で対応してくれていた。胸が温かくなる出来事だった。


夕食後、私の執務室でアーサーと3人で、タンド公爵邸から移してきた皇妃陛下のための金庫を確認する。執務室の出入りには必ず施錠し警護をつけることに決めていた。

「ご希望通り、ルイス殿下には明日から私によるレクチャーを受けていただきます。この領地について、基本的な内容を把握してくださることを目標といたしましょう。また新しい公爵領が決まり次第、地形図や過去の決算書を始めとした資料を、なるべく早期に送ってくださると大変助かります」

「わかった。明日からよろしく頼む」

「エリー様も今日はお早めにおやすみください。帝都でも高熱を出されたとのこと。皆で案じておりました」

「わかったわ。心配をかけないように努めます。ルー様も休みましょう」

呼びかけたルイスは、イーゼルに立てかけたお母さまが祈る油絵をじっと見つめていた。

「ああ、その前に。この絵も実にすばらしい。公爵邸にある肖像画とはまた別の魅力がある。まだ存命だったら俺の肖像画を描いてほしかった」

「宮廷画家もルー様の魅力を引き出してくれますよ。頬の傷もありのままに、というリクエストも受け入れてくれたんでしょう？」

宮廷画家はモデルの特徴をうまく捉えながら、欠点はなるべく描かない流儀だ。ルイスはあえて『そのままに』と希望していた。

「どのみち結婚式でお会いするんだ。嘘をついても仕方ない。では休むとするよ。おやすみ、エリー、アーサー」

「おやすみなさい、ルー様」

「おやすみなさいませ。ルイス殿下」

ルイスは私の手の甲に触れるか触れないかくらいに唇を落とし、執務室を出ていく。邸内外も案内しすぐに理解していた。さすがの空間把握能力だ。

「お母さま、おやすみなさい。もうすぐ額《がく》が届きます。そうしたら壁に飾りますね。アーサー、おやすみなさい」

「おやすみなさいませ、エリー様」

共に執務室を出ると施錠を確認する。

マーサに入浴でお手入れをしてもらったあと、『この屋敷にルー様がいるなんて変な感じ』とベッドの中で思った時には眠りに落ちていた。

◇◆◇◆◇

翌日、約束した時間に天使の聖女修道院へ院長様に会いにいく。変わらぬ笑顔で出迎えてくれた。

「ようこそいらっしゃいました。ルー様、エリー様」

そういえば、院長様もルー様呼びをされているお一人だった。

この方が1年に1度でもルイスの話を聞いてくれて、本当によかったと思う。

婚約内定も心から喜んでくれた。

聖堂で祈りを捧げたあと、ルイスは私を亡くなった乳母の墓に連れて行ってくれた。

マーサは墓地のすぐ外で控えてくれている。居並ぶ墓石の中を迷いなくまっすぐ進む。

それはどれだけこの墓に通ったかを示していた。墓碑は簡易で氏名と生没年のみだ。共に祈ったあと、ルイスが故人に呼びかける。

「乳母や。俺にも大切な人ができたんだ。エリーって言う。紹介するよ」

「初めまして。エリザベート・エヴルーと言います。あなたがルー様のお世話をしていたころ、本当にかわいくてやんちゃだったことでしょう。お話を聞けなくて残念です。ルー様と二人、これから歩んでいきますね。天から見守っていてください」

しばらく祈ったあと立ち上がる。迷ったが「ルー様。私もルー様に紹介したい人がいるの」と、母の墓碑の前に行く。


墓石にはアンジェラ・ラッセルという氏名と生没年が刻まれ、その下に『タンド公爵家に生まれ、ラッセル公爵家に嫁ぐ。18年を過ごした祖国の地に』とあった。

私は墓碑の前で祈ったあとルイスに説明する。

「お母さまの希望でここには遺髪のみ葬られているの。知っているのはお父さまと私だけ。タンド公爵家の方々はご存じないわ」

「エリー。聞いてよければ、それはなぜ？」

「……例の〝天使効果〟でご自分に恨みを持つ人達が墓を荒らして、タンド公爵家にご迷惑をかけないためなの。エヴルー卿だったころ、こちらによくお祈りにいらしていて、そのご縁で……。お父さまがお母さまの遺言通りになさったそうよ。

私も修道院を訪れ、院長様に教えていただくまでは知らなかったの……」

「そうか……」

「お母さま。紹介します。私の大切な伴侶となる方、ルイス様です」

ルイスも祈りを捧げてくれたあと、眠るお母さまに話しかけてくれる。静かな墓地に密やかにバリトンが響く。

「アンジェラ・ラッセル公爵夫人。エリーのお母上。ルイスと申します。

エリーは私を救ってくれました。私はエリーを愛しています。絶対に裏切りません。

あなたの愛娘を心から大切にし、共に歩んでいきます。天から見守っていてください。安らかな眠りを……」

心臓の上に手を当て、騎士として言葉を捧げてくれる。しばらくして二人立ち上がり静かに微笑み合う。

「また来よう、エリー」

「はい、ルー様」

二人で来られて本当によかった。墓地の入り口で「エリー、幸せにね」と風が囁いた気がした。

◇◆◇◆◇

ルイスは3泊4日滞在すると帝都へ帰っていった。滞在中、アーサーからレクチャーを受けるだけでなくずいぶん話し込み、夜はハーブ料理を肴《さかな》にお酒を酌《く》み交わしたようだ。

「騎士団方式だよ」と笑っていた。

毎朝運動を兼ねて庭園の散策もして、庭師からハーブのレクチャーも受けたらしい。

「元々エリーのものなんだが……」と照れながら、ハーブと花のかわいらしい小さな花束、タッジー・マッジーを帰る前日に贈ってくれた。

「離れててもエリーを想ってる、よ……」

照れて耳まで赤くなってる。ルイスこそタッジー・マッジーみたいでかわいらしい。

「ありがとう、ルー様。私も想ってます」

よく見ると、私がハーブティーについて聞かれた時に、好きだと話したハーブが多い。覚えてくれてたんだ、と胸が温かくなる。

リボンはしっかり、ルイスの色目、黒い縁取りの青だ。いつのまに用意してたんだろう。こういったちょっとしたことでも本当に嬉しく感じる。

私もルイスの出立時、タッジー・マッジーを贈った。リボンは金色の縁取りの緑で、マーサ

がしっかり用意してくれていた。ありがとう、マーサ。

ルイスは驚いたように目を見開いたあと、花束を見つめ香りを聞き、青い瞳を優しく細める。

「エリー、何よりのものをありがとう。エリーだと思って大切にするよ」

お日様のような笑顔全開で大切に受け取ってくれた。

後日届いた滞在のお礼状に『添えてあったメッセージカード通り、ハーバルバスにしてみた。気持ちよかったよ』と書かれていた。

ルイスを癒してくれたなら本当に嬉しい。


私はルイスが帰った翌日、懸念してい品物を持ち、約束した時間に院長様を訪ねる。

例の〝初恋〟の品々だ。経緯を説明すると快く引き受けてくれた。やはり訳ありの遺品処理を頼まれることもあるようだ。

ただ院長様が懸念したのは、ブレスレット型の時計に象《かたど》られた、チューリップの花の部分のピンクダイヤモンドだった。

「こちらは非常に貴重なお品です。帝都の宝飾店でもあるかどうか。手に入れた方は間違いなく社交界で自慢なさるでしょう。エリー様のお目に入るやもしれません。

こちらで永年《えいねん》、お預かりすることもできます。いかがなさいますか？」

私は迷わず即答する。

「処分をお願いします。なぜなら贈られた時の私は、ピンクダイヤモンドとしてではなく、アルトゥール様と二人のための花、チューリップを表すために材料として用いたに過ぎません。外して石とし別のものに加工していただければ、もう私とは無関係です。お手間をおかけしますが、どうかよろしくお願いいたします」

「かしこまりました。では、すべてばらばらにし処分いたしましょう」

「ありがとうございます、院長様。そうですわ。今日は子ども達に会っていってもよろしいでしょうか。寝込んだお見舞いに絵をもらったので、そのお返しに筆記用具と絵本や本を持ってまいりましたの」

筆記用具は不足気味で子ども向けの絵本や本はまだ高級品だ。子ども達の心を豊かにしてあげたかった。

「これは何よりのものを、ありがとうございます」

院長様と共に子ども達を訪問すると喜んでくれる。その笑顔に癒される。

交代で農地エリアに働きに出る子ども達と共に、久しぶりにハーブ畑に出る。

帽子を持って追いかけてきたマーサに、陽よけの大きめな帽子をかぶらされ、子ども達も笑い、私もシスター様達も笑う。

青空の下、本当に気持ちいい。

ハーブは必要なものを許可を得て収穫した。


工房を順番に覗いていくと、口々にルイスとの婚約内定を祝福される。

帝都から数日遅れで手に入る新聞で知ったらしい。皆に祝ってもらい照れてしまうほどだ。

各工房も順調だ。

特に染色工房では、不在の2ケ月の間に遅れを取り戻し目標を達成し、結果を出しつつあった。むらなく染まった柔らかで上品な色合いの布地に、美しく染まった糸を用いた繊細なレース編みがすばらしい。さっそく帝都の商会から問い合わせが来ていると言う。

私もサンプルをもらい、マダム・サラの意見を聞くことにする。

最後に図書館でお母さまのハーブの記録簿を閲覧し、皇妃陛下のお悩みに関係がありそうな部分を貸し出してもらう。


修道院で充実した時間を過ごし、私は着飾った社交界よりもこちらが性格に合ってるんだとしみじみ実感する。

ルイスと結婚し女公爵となったとしても、要点を押さえた能率の良い最低限の社交を目指したい。

こういう生活を送るために、社交界では滅多に会えない〝珍獣〟扱いを喜んでされよう。

『目指せ、〝珍獣〟！』と、エヴルーの青空の下、強く心に誓った。

終章　悪役令嬢の婚約者

【ルイス視点】

このところ、俺のエリーのかわいらしさがすごい。

婚約式や結婚式などの準備のため、ほぼ1、2週間おきに帝都に来てくれるのだが、会うたびに、綺麗で、かわいくて、賢くなっている気がする。

いや、〝気〟ではない。

帝国の中でも領地経営に長《た》けているとされるタンド公爵も、打ち合わせ後に「我が姪ながらなかなかの手腕ですなぁ」と囁いてくる。

別の日には、帝国社交界のファッションリーダーの一角を担う公爵夫人に、報告めいて言われた。

「エリーが日に日に美しくなっていくので、マダム・サラがどんどん触発されてるそうですの。デザインもすてきになっていってますわ。殿下、お楽しみに」

デザインは変更に次ぐ変更で、俺はいつのまにかドレスやパリュールからは外されていた。

「ご実父のラッセル公爵さえご覧になれないんですのよ。

男性陣はお楽しみに、ということにいたしましょう。おほほほほ……」

楽しそうに笑うタンド公爵夫人に、舌戦で勝てる者はいない。

とにかく本当に綺麗でかわいいエリーに、俺は見とれるか、楽しく話すか、理性との闘いになっている。

領地や式典やさまざまな事案について話しているだけでも、打てば響く感性と頭脳、明晰《めいせき》な思考で、難しい議題もいつのまにか楽しみになっている。

もしくは、話しているエリーの玲瓏《れいろう》な声に聞きほれ、生き生きとした表情に目を奪われるかだ。


最初の出会いから、そうだったのだ。

綺麗で、優しくて、賢くて、かわいい。

あの、最高で、最悪の、出会い――

あの時のエリーは今でもすぐに思い出せる。水辺の妖精か天使だ。俺の護るべき存在を集めたかのような時間が、味を、香りを、色を、俺に取り戻してくれた。

女性があんなに美しくて汚《けが》れない存在に思える日が来るなんて、今でも信じられない。

それなのに、俺がとった言動ときたら――

時が戻れるならやり直したい、と何度思ったかしれない。

◇◆◇◆◇

2度目の、あの聖堂でもそうだ。

今思えば後日教えてくれた、母・アンジェラ夫人の墓参に来ていたのだろう。

俺も乳母の墓参に赴き、聖堂から響く、美しくも儚い、玲瓏な音楽に心を奪われていた。

今まで一度たりとも味わったことのない感覚だった。

「神の恩寵よ……。陽の如く、雨の如く、天より、人々へ、降りそそぎ、たまう……」

聞き慣れた聖歌が慈雨のようにしっとりと、荒れた俺の心にも降り注ぐ。

思わず近づいた一歩で悟られ、ステンドグラスの薔薇窓の影に彩られた、端正な姿の女性が振り返る。

聖堂のほの暗さに目が慣れず、捉えきれなかった容貌にすれ違った瞬間に気づく。

――あの時の彼女だ。

そこからは必死だった。

接点は、おそらく傲慢《ごうまん》で最悪の印象しか残していないハーブティーしかない。

それに、俺自身、軽々しく身分も名前も明かせない。どれだけ歯痒《はがゆ》かったか。

ようやく『エリー』という名前だけは知ることができた。

それに加え、実に美麗なお辞儀と所作が目に焼きついて離れない。

あれは付け焼き刃ではない。淑女教育の行き届いた高位貴族の令嬢のものだ。

それもなかなかお目にかかれるレベルではない。

――ようやく彼女が誰かわかる。

湧き起こる喜びを抑えて院長に尋ねるが、少し困った表情を浮かべる。

「ルー様。あの方のお家の茶葉はお渡しできますが、ご本人についてはお許しください」

何度聞いてもこの答えしか返ってこない。事情がある女性なのだろうか。

水辺にいた時は無邪気な笑顔だったが、先ほどは張り詰めたような高貴な美しさで、見事にドレスを着こなし、実に麗しかった。

「あの方は修道院へ入会の誓いを立てたのか」

「違いますが……」

言い渋る答えしか返ってこない。

仕方なくその日は引き下がった。それでも院長は騎士団の寮に茶葉を送ってくれた。

添えられた注意書き通りに入れてみると、あの時の味で安心できる。

立ち上る優しい湯気と香りに思わず涙が滲む。

「エリー、エリーか。絶対に探し出してみせる……」

だが自分は今まで女性を徹底的に避けてきたため、伝手《つて》がほとんどない。

やむをえず母である皇妃陛下を「良い茶葉を手に入れた」と訪ね、人払いの上、さりげなく聞き出そうとする。

「エリー、ねぇ。金髪に緑の目。高位貴族の女性？　私は知らないわ。

本名じゃなく愛称やあだ名かもしれないわね」

「そうですか……」

また振り出しに戻った。あとは騎士団のネットワーク頼みだ。

「ルイス。女性に興味が持てたなら、ちょっと聞いてほしい話が……」

「お断りします。俺は誰とも、いや、この女性以外、結婚は望みません」

そう言い置くと皇妃陛下の元を去った。

◇◆◇◆◇

それから約1ヶ月経った、タンド公爵邸――


本当の偶然でようやく、ずっと見つけられなかった『エリー』に出会えた。

あの日、自分がピエールに呼ばれなければ、そして友人を心配し訪ねなければ、『エリー』には出会えなかった。

だがピエールに呼ばれた理由は、エリーにとっては残酷だった。

今もエリーには伝えられていない。今後も伝えることはないだろう。


「疫病神《やくびょうがみ》の娘が来る。気分転換に付き合ってくれ」

ピエールがこう言うに至ったのには、複雑な経緯と理由があるのだが今は割愛する。

現在は誤解も解け、従兄妹として、普通の親戚としての好意を持っているという。

ピエールは嘘の苦手なタイプなので一安心だ。


俺にすれば、エリーがタンド公爵家に来た日に出会えたことは非常に〝幸運〟だった。

神にも万物にも感謝したいほどで、騎士団寮への帰途の騎乗では愛馬に不審がられたほどだ。

だが、俺はエリーのことを知らなすぎる。

エリーこと、エリザベス・ラッセル。

タンド公爵の妹アンジェラを母とし、隣国である王国の名宰相ラッセル公爵を父とする公爵令嬢だ。

隣国王太子との10年以上の婚約は、相手の有責で解消した。

受けた王妃教育は非常に過酷だったらしい。心身の不調の療養のため、母から爵位を継承していた帝国のエヴルー伯爵領にやってきた。

今度の紛争勝利祝賀会で正式に叙爵され、エヴルー卿となる。主な情報はこれくらいだ。


まずはダメ元で祝賀会のパートナーの申し込みだ。

タンド公爵夫妻と共に入場する予定だが、正式にはふさわしい男性のエスコートのはずだ。

そのために皇妃陛下に協力を願い出る。

了承とエールをもらい、兄・皇太子殿下からは補足の情報を得て、それと引き換えに〝要望〟も出た。この人はまったく変わらない。

訪問日——
出会った翌日、約束も先触れもなく押しかけた形のお茶会で、俺はエリーにやられっぱなしだった。

騎士団参謀たる者が鎌《かま》をかけられ、見事に引っかかったのだ。さらに二段構えで、エリーは俺の身元確認をより確実に行う予定だった。非常に過酷な王妃教育の結果だろう。実に見事だ。すばらしい。

しかも今までは俺に近づきたい女がほとんどで避けていたというのに、エリーは俺に見向きもしない。

逆に逃げようとする。避ける理由は俺が皇族だからだ。

好きで生まれたわけではなくむしろ生まれたくなかった。その思いと苛立ちが本音とかぶさり、聞き慣れた言葉をつい口にする。

『(出来の悪い)、スペアのスペア』だと。

そこで巧みに諫言された。

ひるむ様子もなく、硬軟織り交ぜ、視野の狭さを指摘され返す言葉もない。完敗だ。

だが諦めはしない。俺は恋愛の手法をほぼ知らない。自分の身をそこから、無意識かつ意識的に遠ざけてきた。ならば得意なやり方を用いるべきだ。

母とタンド公爵夫人という援軍を得て、所定の目的は達成する。

それでも誇り高いエリーは、心は自由であろうとする。俺が勇気を出して思いを伝えても、どこかするりと抜けて噛み合わない。そんなエリーに俺はどうしようもなく惹かれるのだ。

そう、エリーはまるで蝶のようだ。

ふわふわと優雅に飛んでいると思えば、急旋回し羽ばたき、風に乗り、捕まえられそうで捕まらない。俺の目の前にいるのに消えていなくなりそうだ。

そしてエリーにその気はないのに、俺はその魅力に翻弄される。

◇◆◇◆◇

気持ちを伝えようとしても、ふわりと逃げられる状況は続いていた。

祝賀会のベランダでさまざまに語り合い、少しはわかり合えたかと思えたが、自信はない。

兄・皇太子殿下からも圧力がかかり始める。

念のため、父・皇帝陛下には祝賀会の夜、さらっと伝えたが「そうか。励めよ」としか言われなかった。何を「励め」って言うんだ。あの……（自主規制）親父。

恋愛について手法を知らない俺は、話す言葉で通じないなら、と手紙を認めることにした。

何度も推敲《すいこう》したが、この文だけは外せなかった。

『エリザベート嬢は、これ以上、搾取されるべきではない。搾取される存在ではない』

俺の祈りであり、想いだ。

そして、ある意味、騎士にとっては命の象徴である品を同封した。

エリーの自由を護りながら、決して裏切らない覚悟と愛する気持ちをきちんと伝えるには、この方法しか思いつかなかった。

重すぎるだろうか。だが、俺の覚悟を知ってほしかった。

無骨者の俺は何度書き直しただろう。小姓には便箋が切れるたびに買ってきてもらい不審がられたほどだ。

それでも文字で想いと覚悟をまとめたためか、渡す前にも直接口で、会話で、やっと伝えられた。後は手紙を読んでくれれば本望だ。

たとえ受け入れられなくても、エリーがエリーらしく生きていくための自由は、可能な限り護ってみせる。

そう思っていた俺に驚きの報せが入る。エリーが高熱を発して苦しんでいるという。

俺には自分のせいにしか思えなかった。

エリーとその自由を護りたかったが、それは所詮は俺の気持ちと覚悟でしかなく、重すぎてエリーを苦しめるだけだったのではないか――

高熱では文字を読むこともままならないだろうし、俺の言葉はまた苦しめるかもしれない。

少しでも楽になってほしくて、生まれて初めて〝氷室の氷〟に関して、皇族の権利を用いタンド公爵家に秘密裡に贈った。

皇城でタンド公爵と、兄達や〝影〟に知られない方法でエリーについて話し合った。

手紙をなかったことにしてほしいと伝えたが、それも「エリーの自由にしてやってほしい」と公爵から言われた。

その通りだ。エリーの気持ちを、意志を、尊重すべきだ。

どうやら俺は、エリーに関してはポンコツになるらしい。

エリーの回復を祈りながら、日常を過ごした時間をあまり覚えていない。エリーを失えばこうなるのだろうか、と考えるが、もう賽《さい》は投げられたのだ。

あとはエリーの選択だ。

◇◆◇◆◇

そして、運命の日──

あんな形で、エリーから返事を受け取るなんて思いもしなかった。

自分が告白に識別票を用いたにもかかわらず、だ。

手が細かく震え、首に掛け慣れたその重さも分からないほど緊張する。

背中にびっしょり汗をかき、手元に中身をすべらせた瞬間――

俺は自分で賭けた勝負に勝てた。エリーは俺に、自身を、自分の自由を、護らせてくれる権利を与えてくれた。

神から与えられた〝恩寵〟に深く深く感謝する。エリーは言葉でも求婚を受け入れると答えてくれた。短いチェーンを通したプレートを俺に見せ、可憐に小首を傾げはにかんで微笑みかけてくれる。

俺にとっては、俺の天使が、俺の側に、ふわりと降臨してくれた奇跡の瞬間だった。


立ち会った公爵夫妻にも祝福される。

堂々と『エリー』を『エリー』と呼べる許しをもらえた。実を言うと、すでに呼んでいた従兄妹であるピエールが羨《うらや》ましくて仕方なかった。それももう、どうでもいい。

俺も『ルー』と呼んでもらえる。ごく限られた親しい間柄か、家族同然の騎士団の中だけだったのが、エリーに呼んでもらえるなんて夢のようだ。

と同時に、本当の家族になれるんだ、という実感も湧いてくる。

今日はもう一体いくつの幸せを味わえばいいんだろう。幸せに溺れそうだ。

自分でも引いてしまうような歓喜を悟られないように、エリーを理想的に護るために必要な式典やその段取りをざっと組んでいく。

エリーの視線を感じるだけでも嬉しいし、誇りに思ってもらえるように、凛々しく、有能であろうと思う。

ただ、ぽろっと本音が洩れた。〝あの両親〟への報告について、

「誰にも邪魔されたくないからね。俺のエリーを誰にも渡したくないんだ」

と、今の俺にとっては、当たり前すぎる言葉がついこぼれてしまった。

エリーの美しい肌が首筋から頬にかけ薄紅色に染まっていく様子は、気高い花が少しずつ綻んでいくようで目が離せない。

さっそく、タンド公爵に釘を刺される。

「んんっ。ルイス様。ラッセル公爵殿へのお手紙は、まずは礼儀正しく願いますぞ。実に聡賢い方です。浮かれたくなるお気持ちは分かりますが、手紙を書く時は、真摯に、居住いを正し、邪気を払った上で認めてください」

仰ることはごもっともな年長者の助言だ。

天使のエリーに比べたら、俺は〝邪気〟まみれだ。だが妻の父とは友好関係を結びたい。

エリーへの溺愛ぶりから考えれば、父・ラッセル公爵にとって俺は、エリーにまとわりつく

羽虫同様だろう。それもある意味、事実、真実なのだ。

公爵夫人にはよりはっきりと警告された。ぼうっとしているエリーが心配で、また熱が出たのかと美しい額に手を伸ばそうとした時、夫人からピシリと跳ね除けられる。

騎士である俺が、避けられないとは何としたことか。こんなに気を緩めている場合ではない。エリーを護る権利を手に入れたのに護れないではないか。

『しっかりしろ、自分』と心底で気合いを入れる。

「許可なく令嬢の身体に触れてはいけませんよ、ルイス様。エリーの評判にも関わります。

エリー、大丈夫？」

エリーのこういった評判は絶対に落としてはいけない。神聖で気高いものだ。

ただまったく触れられないのも辛い。その辺は、常識と手探りなのだろう。

騎士団寮に帰ったら、婚約者持ちにさりげなく聞いてみよう。

そして、ラッセル公爵夫人の肖像画へあいさつする。

他人から見れば、何をやってると思われるだろうが、エリーがこの上なく大切にしている、母の面影なのだ。

その想いもアンジェラ殿の〝天使効果〟にまつわる事情を聞けば、寄り添いたくなるものだった。

エリーが俺の想いを汲み取ってくれたのか、ラッセル公爵夫人に俺を婚約者と紹介してくれた。それだけで喜びと切なさがじんと胸に響く。存命の母にそう告げたかっただろう。なんて健気《けなげ》なんだ。

俺は気持ちを新たに、礼儀に則り自己紹介する。

そして誠意を込めて、俺の気持ちと覚悟と誓いをエリーの母上に伝える。

「必ず幸せにします、いえ、二人で共に幸せになります」

俺の言葉にエリーの美しい緑の瞳が潤んで膜を張り、白珠のような涙があふれ零れ落ちていく。

「エリー……」

用意していたハンカチを出し、まるで祝賀会のベランダの時のように、愛らしい頬にそっと押し当て、許された名を優しく呼ぶ。

「ルー、さま……」

エリーが涙を零しながら、それでも微笑もうとする姿は本当に麗しい光景で、限りなく愛らしい。

俺はエリーの婚約者になれた歓喜に改めて浸りながら、自分の語彙《ごい》の中でも優しい言葉をかけ続けた。

外伝　悪役令嬢の控え室

夕食後、ラッセル公爵家の居間でローズヒップティーを飲みながら寛《くつろ》いでいると、懐妊中の妻・アンジェラから思い出したように尋ねられた。

「レーオ。サナちゃんの名前の候補は決めた？　女の子ならあなたが決めるんでしょう？」

〝サナ〟とは、お腹の子に呼びかける時の名前だ。古代帝国語で『癒し』という意味があり、アンジェラにとっても私レオポルト・ラッセルにとっても癒しの存在のため、こう呼びかけている。

「ごめん。迷っててなかなか決められないんだ。アンジェラ二世、とか……。ン、ンンッ。失礼。もう少し考えさせてほしい」

私は最愛のアンジェラの冷たい視線を受け、猶予を申し出る。

「何をそんなに迷ってらっしゃるの？」

「それは迷うさ。何より大切なアンジェラと私の子ども、サナの名前だよ。私が名づけるなら娘だ。それはもう、かわいくて仕方ない宝物だろう？　名前は最初の贈り物って言うからね。候補がどんどん増えて困ってるんだよ」

私は困った中にも少し自慢げにノートを広げて見せる。アンジェラがざっと見るだけでも数十に上っていた。

「いつのまにこんなに？」

「気がついたらこうなってた。一応、傾向は3つに分かれてるんだ。まずは過去のラッセル公爵家で、幸せな一生を送った方の名前」

「あやかって、ということね。すてきだと思うわ」

「2つ目は古代帝国での女神の名前だよ。今でも縁起を担いだり、聖者と同一化してる名前も多い」

「少し恐れ多いけれど、怖い女神様でなければいいんじゃないかしら」

「3つ目はアンジェラにあやかってだよ。サナの『癒し』のように、たとえばグレースには、『寛容・上品・優美』といった意味があるだろう？　アンジェラのようなすばらしい女性になってほしくて考えてるんだ」

「もう、レーオったら。でもパパにこんなに考えてもらえて、サナちゃんは幸せね」

アンジェラは自分のお腹を優しくなでる。すると、ぽこん、とお腹の中から蹴《け》ってきた。

「ふふ……。レーオ。サナちゃん、このごろは本当に元気がいいのよ。また蹴ってきたの」

「アンジェラ、痛くはないか？」

「大丈夫よ。〝こちら側〟だもの。胃を蹴られた時はびっくりしてさすがに痛かったけど、サナちゃんだってわざとじゃないんだもの。ね、サナちゃん」

アンジェラがぽんっとお腹を軽く叩くと、サナがぽこんっと蹴り返してきたらしい。アンジェラの清らかな湖のような澄んだ青い瞳が、優しく細まる。

「私が軽く叩くと、お返事をくれるのよ。サナちゃんはいい子でちゅね。女の子なら、もうちょっと待っててくだちゃいね〜。パパがすてきなお名前を選んで、待っててくれてるんでちゅよ〜」

赤ちゃん言葉の呼びかけもアンジェラはすっかり板についている。胎児も呼びかけが聞こえているらしい、というクレーオス先生の言葉と、アンジェラ自身が図書館で読んだ『赤ちゃん言葉の方が言語の発達は早い』という権威ある学説に従っているのだ。

私もずいぶんと慣れてきたと思う。


「サナちゃん、ママのお腹を蹴るならこっち側でちゅよ。いい子でちゅね。名前はもうちょっと待っててくだちゃいね」

アンジェラの丸みを帯びたお腹をなでながら私も呼びかけると、ぽこんっと蹴ってくる。

アンジェラとの子どもが生きてここにいる、という実感がひしひしと湧いてくる。

「サナちゃんに『わかりました、パパ』って言われた気分だよ」

「あら、気分じゃなくて、サナちゃんはわかってると思うわ。レーオの子どもだもの。すっごく賢くなるでしょうね」

「アンジェラはもう名前を決めたのかい？」

「えぇ、もう決めてるわ。陣痛が始まったら教えてあげる」

「え？　当日まで教えてもらえないのか？」

「ふふっ、楽しみは先に取っておきましょうね」

「私は最初から最後まで、楽しみを味わい尽くしたいタイプなんだが」

「じゃあ、ドキドキする楽しみをずっと味わってください。もう決めてるんだもの。安心してね」

「アンジェラ。ヒントくらいは？」

「ん？　内緒よ、レーオ」

我が最愛は悪戯っぽく、この上なくかわいく微笑んだのだった

◇◆◇◆◇

生まれた子は女の子で、私がいくつか選んでいた女の子の名前の候補から、アンジェラがエ

リザベスと名付けた。

ラッセル公爵家の中興の祖と言われる女当主で、夫婦仲もよく子だくさんで、領地も発展させ幸せな一生を送った方だ。


陣痛が始まった痛みの波の合間に、約束通り教えてくれた名はライオネルだった。

『若き獅子』という意味がある名だ。

「だって、レーオの息子なのよ。〝若き獅子〟がぴったりでしょう」

レオポルトも獅子を由来に持つ名前だ。この名前しか思いつかなかった、というアンジェラの言葉に感動し、思わず抱きしめてしまった。


こんなことを思い出すのも、愛娘エリザベスから、帝国の第三皇子ルイス殿下より求婚され、受け入れた、との手紙が届いたためだ。

先触れのような〝鳩〟には『エリザベスがルイス第三皇子殿下から求婚された。詳細はエリザベス自身が手紙を早馬で出した。そちらで確認願う』とのタンド公爵からの暗号文による通信があった。

そこから心中ジリジリジリジリジリジリ、待ち続けての手紙だ。タンド公もタンド公だ。

断ったなら断ったと書いてくれればいいものを、などと、ルイス第三皇子殿下について調査しながら、思っていたところからの急転直下だった。


あの懐中時計を質店のショーウィンドウで確認してきたという娘を、私は人払いをした亡き妻アンジェラの部屋に隔離した。

一晩泣き明かしたのだろう。翌朝、はれた目元の手当てをし、登校の準備をし〝悪役〟風のメイクをした娘は、執務室にいた私にこう告げた。

「おはようございます、お父さま。私、王太子殿下との婚約を解消したいんです。ラッセル公爵家の立場をなくすようなことをして、申し訳ありません。

でも、もう限界です。あの懐中時計を、放置するなら、まだしも、あの店に、質に出して、買い取らせるなんて……。王室の、財産でも、ある品を……。もう、耐えられません……」

ただ懐中時計とおそろいのブレスレット型の腕時計はしたままだった。

私の目線に気づくと、すっと無表情な目で腕時計を見遣る。

「こちらの思惑を〝お目付役〟に察知され、王妃陛下に王宮で監禁でもされたら、抜け出すのに手間がかかります。これは油断させるために残しています。未練ではありません」

凛とした声で言い放つ。それでこそ私とアンジェラの娘だ。

「エリー。私はエリーの幸せを願っている。あのバカ（＝王子）との婚約解消など、このラッセル公爵家に毛筋ほどの傷もつけない。ご先祖がたはエリーの判断を誇りに思うだろう。身を挺《てい》して王子の目を覚まし、王国と王家を情欲にまみれた泥舟から救った、と語り継がれるだろう。ただ王国に残ったままでは、エリーは王家から逃れられない。あまりに知りすぎているからね」

「はい、お父さま。他国の修道院へ入会しようと思っています」

「いきなりの修道院は短絡的だよ。エリー」

「……もう、結婚や恋愛はしたくはないんです。真心を込めて、10年以上、紡いだ愛と信頼が、こんなに、たやすく、もろく、崩れ去るものだなんて……」

俯きがちのエリーの麦の若葉のような美しい緑の瞳が潤み、白珠の涙がこぼれ落ちそうだ。

「……お見苦しいところを見せて、申し訳ありません。ただ、今は結婚は考えられません」

だが娘はきりっと前を向き、涙を抑えてみせた。

「エリーの主張はわかった。婚約解消は喜んで受け入れよう。私は大賛成だ。

裏切り者は裏切りを繰り返すというからね。何より、私のかわいくて賢いエリーをこれだけ泣かせたんだ。相応の罰は受けてもらう。王家にもあのバカ（＝王子）にも……。ふふふ……」

「お父さま……」

私のほの暗い部分を垣間見た娘が窘《たしな》める眼差しを向ける。おっといけない。本音を出しすぎてしまった。

「ただ、その後の身の振り方は、結婚するしないを問わずもっと熟考するべきだ。神が安寧を約束くだされば、今までの人生の2倍以上の時間がエリーの前には開けている。落ち着いた気持ちで、冷静にじっくりと考えるべきではないだろうか」

私の言葉に、私譲りの緑の瞳を見開く。自分の前に、360度の視野が広がる新世界が現れたことを自覚したようだった。

そう、エリーはこれから何者にもなれるのだ。

王妃が仕込んだ王家の呪縛のような婚約から、やっと解き放ってやれる。ここまで本当に長かった。

「……申し訳ありません、お父さま。短慮をお耳に入れてしまいました。恥ずかしゅうございます」

「無理もないことだ。恥じることは一切ない。すぐに自分の間違いに気づき反省できるのは、エリーの美徳で優れたところだ。さあ、辛いだろうが、登校しようか。今日からは、王家からの解放計画のために行動する。そう、思い定めよう」

「王家からの解放計画……。お父さま、すてきですわ。私、必ず、自由を勝ち取ってみせます。もう、国を運営する機械にはなりたくありません。それでは行ってまいります」

1年と9ヶ月以上ぶりに、明るい笑顔を私に見せエリーは登校して行った。

この溌剌《はつらつ》とした明るい笑顔さえ、『王妃陛下にはふさわしくありません』と、ラッセル公爵家に入り込んだ、王妃差し向けのお目付け侍女たちは潰してきたのだ。

さすがに私がいる前では、論破し黙らせてやったが――

もうこれ以上、娘の感性にも言動にも侵蝕《しんしょく》させてなるものか！

そう誓った私は、エリーを定期的に執務室に呼び、王家からの解放計画を練り上げていった。

あの生徒総会でさえ、ラッセル公爵家の〝影〟により仕向けたものだった。

愚かで身も心も汚れ切ったバカ（＝王子）は、まんまと己の卑怯で卑劣な思惑を曝《さら》け出した。

王妃となったエリーから後宮運営の権利を奪い取り、お飾りの職務だけ押し付ける、穢《けが》らわしい目論見《もくろみ》へと踏み出し、もう後戻りできない道を選んだのだ。

ああ、いけない。バカ（＝王子）のことにこれ以上、時間を割く必要はない。

今はこの目の前の、エリーからの手紙に真摯に相対するべきだ。

あれだけ、『結婚はしたくない』と言っていた娘の心が、なぜ変わったのか。

熟読すると、形は違えど、時間は違えど、二人は王家・帝室という、絶対権力に翻弄された経験を持っていた。

特にルイス皇子の扱いはひどいものだ。

せっかくの人材育成を中途で放棄するとは。いや、これはルイス皇子の決断を評価するべきか。わずか7歳にして、騎士団という新天地を選び取ったのだ。

そうでなければ、本当にいるかいないかわからない、何者でもない、単なる皇子という存在になっていただろう。

ルイス皇子からの手紙は緊張し堅苦しくはあるものの礼儀正しく、一生涯エリーを守り抜くと誓った手紙だった。

エリーも触れていたが、その証として識別票をエリーに預けていた。戦場に身を置く者の、騎士の、生命の存在証明だ。それをエリーに預け重く問いかけた上で、自由は保障する。なかなかの良手だ。

この短期間でエリーの性格を把握しているようだ。

こうして求婚を無碍《むげ》に叩き返せないようにし、自分について興味を持たせ、考えてもらう時間を生み出している。騎士団で培《つちか》った戦略だろう。

あの、人を人とも思わない皇太子の側室などより、100倍マシな相手とも言える。側室話など、たとえ裏から手を回しても叩き潰したがな。


私は二人の手紙を熟読・熟考した上で、エリーに〝鳩〟でこう問いかけた。

『成婚後、ルイス皇子殿下から、もし人生を共にできぬほどの裏切りにあったらどうするのか』

残酷な問いかけをするものだ、と我ながら思うが、返ってきた答えはこうだった。

『裏切りの動かぬ証拠をそろえ、離婚裁判に打ち勝ち、エヴルー女公爵として領地運営に励み、領民やエヴルー家の皆と幸せに生きます』

私はこの〝鳩〟の返しに『殿下はそのようなことはしないだろうが、万一の備えだけはしておくように。遠き地より二人を祝福する』と記した。


これから先は二人が歩んでいく道だ。先達《せんだつ》として適時適切な助言はするが、温かく見守ろうではないか。アンジェラもそう望んでいるはずだ。

「おめでとう、エリー。幸せになるんだよ」

私はアンジェラのレシピによる、胃痛に効能のあるハーブティーを飲みながら、私と妻のこの上なくかわいい〝サナ〟の未来を祝福した。

外伝　タッジー・マッジー攻防戦

「殿下。お膳立てはここまでです。あとは自力でお願いしますね」

俺の身分はバレたが、皇妃陛下とタンド公爵夫人に依頼しておいた〝工作〟のおかげで、無事に紛争勝利記念の皇城祝賀会のパートナーの座には滑り込めた。


タンド公爵夫人は頼れる〝同盟〟相手だ。

「できれば」と言っていた、式典の段取りの練習やダンスの打ち合わせの日程まで、手際よく決めてくれた。

だが、助力はここまでだ、と帰り間際に通告されてしまった。

ここからは孤軍奮闘だ。もともと結婚する気はまったくなく、何を言われても独身を通すつもりだった。たとえ帝命で政略結婚をせざるを得なくても、〝白い結婚〟となっただろう。

父である皇帝を巡る関係の影響で、そういった行為自体に強い拒否感を抱いていた。

また7歳までいた後宮の女性達、15歳からの帝立学園の女子生徒達により、数少ない例外を除き、すっかり女性不信になっていた。

こういった事情で、騎士団の婚約者持ちや妻帯者からの聞きたくもない惚気《のろけ》や愚痴を、右の耳から左の耳へと聞き流していた俺は、好ましい相手へのアプローチさえおぼつかない。

まごうことなき恋愛初心者だ。いや、初心者と名乗るのも烏滸《おこ》がましいほどだ。


それに大っぴらに相談もできない。万一噂が広がれば、エリー、いや、エリザベス嬢に迷惑をかけてしまう。

そうだ、ピエールがいた。と思ったが、女性に関しては俺と似たり寄ったりで、エリザベス嬢についてもほぼ知らない。

女性については、帝立学園時代に俺に巻き込まれ、貴族女性の裏表《うらおもて》や〝腹黒さ〟を散々味わい、苦手意識が強くなってしまったので今では申し訳なくも思う。それでも結婚できたのだから妻は大切にしてほしい。

こんな風に思える自分が嘘のようだ。1年前の俺が現れたら『お前は誰だ。絶対に別人だ』と言われそうだ。


こうなったら仕方がない。

顔の広さと口の堅さを頼りに、『エリー』捜索で聞き込みもしていた相手だ。

からかわれるのを覚悟で、騎士団内一の愛妻家と言われているウォルフ・ゲール騎士団長の元へ顔を出す。ちょうど帰宅準備をしているところだった。

「おう、どうした？　ルー？」

ウォルフは俺が7歳で小姓として付いた騎士で、それからずっと上官だ。

「ウォルフ。実は『エリー』が見つかったんだ」

「おおッ！　よかったじゃないか！　で、どこのご令嬢だったんだ」

俺は経緯をまとめて伝えると、ウォルフが真面目な顔になる。

「そうか。〝あの〟エヴルー卿だったとはな。灯台下暗《とうだいもとくら》しだったわけだ。エリザベスの愛称でエリーな。うんうん。それで俺に何を聞きたいんだ？」

「……その、振る舞いかた、というか、俺の印象が良くないのはわかりきってるんだ。そこからの反転攻勢の策というか……」

「ブフッ、クックックックッ……。おいおい、反転攻勢って何だよ。せめてイメージ回復と言え。とにかく真面目に練習しろ。ひと事じゃなく、自分事だと思え。

エヴルー卿にとっては、重要な謁見と帝国でのデビュタントに、お前は皇族控え室でのあいさつと入場って大きな負荷までかけたんだ。責任はきちんと取れ」

「あ……。そうか……」

俺はどこか浮かれていた自分に、氷入りの冷や水を水槽ごと浴びせられた気分になった。だから皇族なんかに生まれたくなかったんだ、と思ってしまうが仕方ない。現状は変わらない。ウォルフの言うとおり、自分から申し出たことだ。

「やれやれ、そんな顔をするな。参謀部のエースの名が泣くぞ。まあ、エヴルー卿は王国では厳しすぎる王妃教育を見事にこなしていたそうだから、慣れてはいるだろうが、とにかく気遣い、心遣いだ。エスコートは俺が恥をかかないように叩き込んだ。嬉しさに舞い上がってるだろうが、エスコートの基本は忘れてないだろうな?」

「……〝護衛する花瓶《かびん》〟、だろう?」

これはウォルフの持論だ。

「そうだ。エスコートする女性は花だ。上質な〝花瓶〟のように花を美しく見せ、護衛役が警護対象を守るように、心身の安全に最大限気を配り安心させ、いい香りがするよう、気分よく楽しませろ」

「最後のハードルが高い、高すぎる……」

「泣き言を並べるな。俺の最愛、エヴァとの試験には一応合格したんだ。思い出せ！　以上！　俺は帰る。ご苦労だった。今日はエヴァ手作りの夕食なんだぞ。来るか？」

「いや、遠慮しとく。お疲れ様でした……」

俺はご機嫌なウォルフを見送ったあと、指導を受けた時にまとめたノートを、もう一度見直してから眠った。

◇◆◇◆◇

次の日から俺は〝護衛する花瓶〟に徹した。

礼儀正しく紳士的に、つい普通に歩きそうになる歩幅もエリザベス嬢に合わせる。

これは体術の応用が効いた。歩きやすくなったようで、「あらっ？」と意外な表情をほんのわずかに感じられた。それだけでも嬉しい。

おかげで入場の練習では不安がないレベルに達した。謁見は言うことなし、完璧だ。お辞儀《カーテシー》は品格があり所作は流麗で、実に美しい。

問題はダンスだ。たおやかなエリザベス嬢の肢体を、万が一にも転倒させまいとしっかりホールドし、美しく見せようとするが、踊りにくそうな気配が伝わってくる。

「エリザベス嬢。遠慮なく言ってほしい。自分は女性と踊り慣れていない。その、パートナーに怪我をさせないようきちんと支え、美しく見せるように、と心がけてはいるんだが……」

「そういうことですか。なるほど。でしたら……」

いくつかアドバイスを受けただけで余分な力が抜け、より自然体で踊れるようになった。

また『美しく見せるように』とやりすぎになっていた部分も手直しされる。

しかし男性パートをここまで理解して踊れるって、王国の王妃教育はどこまで求めてたんだ？

「驚いたな。こんなに踊りやすいのは初めてだ」

「ルイス皇子殿下が加減してくださったおかげですわ」

「いや、エリザベス嬢が工夫してくれたからだ。女性に負担はかけたくない。ましてや君は式典があるんだ。まだあるなら、遠慮なく言ってほしい」

「ではもう少し矯正させていただいてもよろしいですか？」

「もちろんだ。こちらこそよろしく頼む」


そこからはエリザベス嬢の専属侍女のマーサをパートナー役に据え、厳しい特別レッスンとなったが、やった価値のある見事な仕上がりとなった。

無骨者の俺を相手にエリザベス嬢が最も美しく踊ってもらえたら、何物にも代えがたい栄誉だ。

タンド公爵夫人は「お膳立てはここまで」と言っていたが、練習後のお茶会を用意してくれていた。

俺にとっては、大きなご褒美だ。このタンド公爵邸での時間は、本当に夢のように楽しい、幸福そのものなひと時だった。

◇◆◇◆◇

だがこの間に少しでも進めようとした攻略は、本当に困難を極めた。

エリザベス嬢のことを知りたい気持ちが先走り、ついいろいろと聞いてしまう。

好きなことや、この国でやりたいこと、母国である王国や王家などについてだ。

とにかくエリザベス嬢について知りたかった。

エリザベス嬢は話術も巧みで話に飽きることがない。また、話せない内容はしっかり守っていた。そういう態度も好ましい。

ただどうしても気になるのが、前の婚約と婚約者への気持ちだ。10年以上の歳月を踏みにじった相手をどう思っているのか。どう心の整理をつけたのか。

つい踏み込みすぎてしまい、エリザベス嬢に冷たい目を向けられた時は、心臓を凍った手で鷲掴みされたようだった。

絶対に侮蔑の目で見られたくない。俺はすぐに謝って撤退し、別の話題に切り替えた。

◇◆◇◆◇

エリザベス嬢とマナーの範囲内で触れ合えて会話もできた。と思う。

次の一歩、もう一段階、進める手掛かりとされる、一般的な手法である贈り物は、好みを聞く段階で次々と潰された。

それはもう見事な手腕で、受け流されるか、言葉はもの柔らかだが毅然と断られる。

美しい衣装や宝飾品に目がないとされる貴族女性へのアプローチの定石が、まったく通じなかった。

ファッションリーダーであるタンド公爵夫人推薦の、帝都で随一の人気を誇るマダム・サラのショップで、祝賀会のドレスを調製するのも、エリザベス嬢にとっては〝仕事〟の一環のようだ。

贈り物がダメなら気持ちを示そうと、エリザベス嬢の瞳の美しい緑色に似たエメラルドを、俺が身につけてもいいか確認した時は速攻断られた。

さらに子どもに言い聞かせるように、社交的な情勢分析を説明される。結局、困らせたくなくて断念した。

こっそり譲歩した形で聞いた、『緑のポケットチーフ』でさえも、タンド公爵夫人の第三者的観点でも「まだ早い」という回答だったため、完全撤退した。

攻めあぐね、再度ウォルフ団長に相談したところ、『好みに合った消え物』を勧められた。

「両思いでもないのにいきなり大物は無茶だ。王道は花だな、花。エヴルー卿はハーブの専門家だ。おそらく花も好きだろう。皇城の庭園の庭師に相談してみろ。大きさは小さめがいい。気兼ねなく色や香りを楽しんでもらえるだろう？」

『そうか、消え物か、花か』と心のメモにしっかりと書き込む。

顔馴染みの庭師に頼むと、「ルー様。タッジー・マッジーはいかがでしょう」と勧めてくれた。

この庭師とは長い付き合いだ。

乳母が〝辞めた〟ことにされたあと、寂しくて、何もできない自分が悔しくて、庭で隠れて泣いていた時、木苺《きいちご》をくれたり、木登りに向いた木を教えてくれたこともあった。

『タッジー・マッジー？』と思った俺に、庭師が説明してくれる。

ハーブや香り高い花をまとめた小さな花束をこう呼ぶという。昔は魔除《まよ》けにも用いたとも教えてくれた。

好みのハーブや花を聞かれ、エリザベス嬢と好きなハーブの香りについて話した記憶を総動員し、匂いやハーブの名をいくつか挙げる。

リボンは、特に好きなものの一つと話していたローズマリーに似た薄紫色にしてもらった。

あれだけ互いの色目で神経質になっているのだ。祝賀会前日に不快にはさせたくなかった。

そうやってできたのは、香り高く可憐ではあるものの、こぢんまりとした花束だった。

俺の手に収まるほどなのだ。

これで本当に喜んでもらえるのか。

俺の疑心暗鬼を打ち砕いたのは、エリーの清らかで天真爛漫《てんしんらんまん》な笑顔だった。

祝賀会のパートナーの申し込みを受けた時のような、皇族へ義理立てする貴族的な仮面の下の表情は、俺の胸をたやすく貫く。

まるで、頑なに閉じていたつぼみが、魔法をかけられたように、花びらがふわりと解け、満開となった花のようだ。

香りを聞いて楽しんでいる様子は、俺の小姓が大好物の菓子をもらった時の満面の笑顔にも似て、本当に愛らしさの塊だ。

そして、玲瓏な声で奏でられる、掛け値なしに本音の感謝の言葉――

「ありがとうございます。ルイス皇子殿下。何よりの贈り物ですわ。嬉しゅうございます」

何よりの贈り物――

嬉しゅうございます――

この言葉を聞けただけで、今まで経験したことのない歓喜が湧き起こる。団長が組んだ地獄の特訓メニューをやり遂げた以上の達成感と嬉しさだった。

◇◆◇◆◇

紛争勝利記念の皇城祝賀会――

エリーは領地である、実り豊かなエヴルーを体現したような、美しいドレスを見事に着こなしていた。

皇族用控え室でも典雅な微笑みを絶やさず、皇太子の不躾《ぶしつけ》な物言いにも、第二皇子の冷たい態度にも対応してくれた。

そして、俺のエスコートを受けての入場――

満場からの視線にも臆せず、金の花のようなエリザベス・ラッセル公爵令嬢は、気品溢れる所作で凛とした空気感を生み出している。

風にそよぐ麦畑の中を、煌めく陽射しを浴びて歩く豊穣の女神にも見えた。


謁見も無事に終わらせ、正式にエヴルー卿となったエリザベート嬢の帝国でのファーストダンスは、堂々としたすばらしい仕上がりだった。

あれだけ中身の濃い練習の本番を、優雅に踊りながら心から楽しみ、その様子を間近で感じられるだけで幸せだった。


その後のトラブルでは、俺は無事に〝護衛する花瓶〟の役目を果たし、悪意と赤ワインから、金の花のようなエリザート嬢を守れた。

バルコニーでも互いの立場を一時的に忘れ、大切な話ができた。まさかあの乳母の話をするとは思ってなかったが。最後に見送るまで〝護衛する花瓶〟はやり切ったと思う。

当初の目的、反転攻勢、もといイメージ回復ができたかは自信がない。

だが、あの、タッジー・マッジーを渡した時の笑顔、祝賀会での女神のような姿など、さまざまな面を見られて、触れ合えただけでも俺にとっては大きな戦果だった。

◇◆◇◆◇

エリーとの婚約内定をこの手にした後、エヴルーの領地邸を、３泊４日の予定で訪れた。

少しでも早く、エリーを支える人間達との信頼関係を築きたかった。

滞在中、朝の散策でエリーが愛してやまないハーブも植えられた庭園を見て回る。

作業中の庭師に話しかけ、「申し訳ないが」と断りを入れた上でいろいろ教えてもらう。

エリーは母アンジェラ殿から受け継いだ、このハーブを大切にしていた。母の形見とも思っているのだろう。


庭師に「タッジー・マッジーを贈りたいんだ」と頼むと快く引き受けてくれ、エリーに似合うかわいい花束を仕立ててくれた。

出立前日、エリーに渡す。想いが通じたあとでも贈る時は緊張してしまう。

「離れていてもエリーを想ってる、よ……」

さりげなさよりも照れが先に出て、我ながら本当に決まらない。

『よ、って何だよ、よ、って』と思っていると、耳まで熱くなってくる。

こんな俺にもエリーは天使のように優しい。

「ありがとう、ルー様。私も想ってます」

嬉しそうな満面の笑みで、タッジー・マッジーを受け取ってくれた。


さらに俺が出立する時、エリーからもタッジー・マッジーを贈ってくれた。

元々は魔除けの花束だ。無事な到着を祈ってくれているのだろう。

「何よりのものをありがとう、エリー。エリーだと思って大切にするよ」

初めてエリーから受け取った花束がタッジー・マッジーとは、嬉しすぎる。

見送ってくれる愛しい姿が見えなくなるまで、俺は馬車の窓から手を振っていた。


一人の車内で改めてタッジー・マッジーを見つめ、その豊かな香りに離れたばかりのエリーを思い出す。

ふと目をやると、リボンが緑に金色の縁取りでエリーの色目だ。婚約者への贈り物のために、自分の色目のリボンを作っておくといい、と婚約報告をしたウォルフに助言され、すぐに注文した。

今回のタッジー・マッジーで初めて使ったのだが、エリーも用意してくれていたとは。

あんなに互いの色目を拒否していたのに、と胸にジンとくるものがある。

花束に添えられたメッセージカードには、

『ルー様へ　エヴルーに来てくださってありがとう。無事な帰着をお祈りしています。騎士団の訓練でもお怪我がありませんように。この花束はそのままハーバルバスに使えます。移動のお疲れ休めに、よかったらどうぞ。エリー』

と、美しい筆記体で記されていた。

その心遣いと優しさは、花束の香気や彩りからも伝わりまぶたが熱くなる。

もっと心身共に強くあらねば、エリーもエヴルー領も守れない。

賭けに出てエリーという宝を得たが、これからはエリーを含めた大切なものを、あらゆる実態から守らなければならないのだ。

俺は来たるべき闘いの勝利を祈るように、タッジー・マッジーから立ち上る香りを胸いっぱいに吸い込んだ。

あとがき

皆さま、初めてお目にかかります。香練《こうね》と申します。

ＷＥＢからお読みいただいてる方も書籍で初めて読んでくださってる方も、本作『悪役令嬢エリザベスの幸せ』をお手に取っていただき誠にありがとうございます。

本作が作者にとって初めての書籍化で、自分の作品が１冊の本として出版され世に出るとは、感慨無量です。

この作品は作中では序章としている『悪役令嬢の10分29秒』という、独立した短編がきっかけで生まれました
実際に約10分で読める小品で、さらっと終え、エリザベスの未来は読者のお一人おひとりにお任せする心積もりでした。

ところが多くの方々の目に留まり、感想を頂戴し、『エリザベスに幸せになってほしい』『幸せになったエリザベスが見たい』というお声に背中を押され、いろいろと考えた末、『えいっ！』と連載を始めました。

エリザベスこと、エリーの幸せを願ってくださり、連載後も応援してくださった読者様がいらっしゃらなければ、この作品はありませんでした。ご縁と想いに深く御礼申し上げます。

また小説を書く場を与えてくださった『小説家になろう』様、作品を見出してくださったネット小説大賞運営様、ツギクル様、そして美麗ですばらしいイラストを描いてくださった羽公《はこ》先生、各種相談を親身にしてくださった担当のN様、ツギクルブックスの皆さま、本当にありがとうございました。

あわせて、執筆を支えてくれた家族にも感謝を捧げます。

最後となりましたが、これからもエリザベスの幸せと、ルイスを始めとしたその周囲を描く『悪役令嬢エリザベスの幸せ』をよろしくお願いいたします。

次巻でまたお会いできることを心より願っております。

次世代型コンテンツポータルサイト

ツギクル https://www.tugikuru.jp/

「ツギクル」は Web 発クリエイターの活躍が珍しくなくなった流れを背景に、作家などを目指すクリエイターに最新の IT 技術による環境を提供し、Web 上での創作活動を支援するサービスです。

作品を投稿あるいは登録することで、アクセス数などの人気指標がランキングで表示されるほか、作品の構成要素、特徴、類似作品情報、文章の読みやすさなど、AI を活用した作品分析を行うことができます。

今後も登録作品からの書籍化を行っていく予定です。

ツギクルAI分析結果

「悪役令嬢エリザベスの幸せ」のジャンル構成は、ファンタジーに続いて、恋愛、歴史・時代、SF、ミステリー、ホラー、現代文学、青春の順番に要素が多い結果となりました。

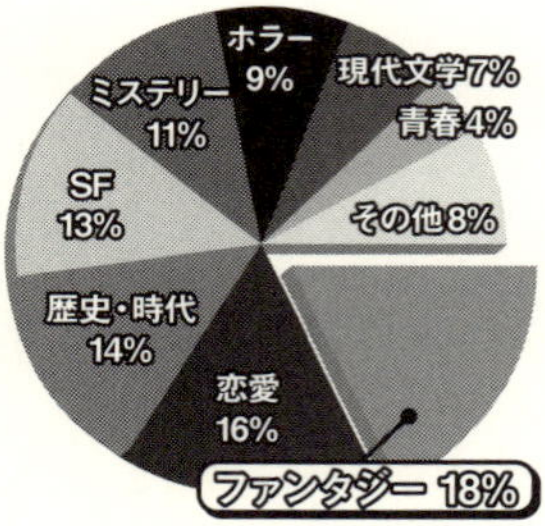

期間限定SS配信

「悪役令嬢エリザベスの幸せ」

右記のQRコードを読み込むと、「悪役令嬢エリザベスの幸せ」のスペシャルストーリーを楽しむことができます。ぜひアクセスしてください。
キャンペーン期間は2025年6月10日までとなっております。

小さいながらに地球での寿命を終えた、小学6年生の柏木歩夢。死後は天国で次の転生を待つことに。
天国で出会った神に、転生は人それぞれ時期が違うため、時間がかかる場合もある、と言われた歩夢は。先に転生した両親のことを思いながら、その時を待っていた。そして歩夢が天国で過ごし始め、地球でいうところの1年が過ぎた頃。ついに転生の時が。こうして歩夢は、新しい世界への転生を果たした。

しかし本来なら、神に前世での記憶を消され、絶対に戻ることがなかったはずが。何故か3歳の時に、地球での記憶が戻ってしまい。記憶を取り戻したことで意識がはっきりし、今生きている世界、自分の周りのことを理解すると、新しい世界には素敵な魔獣達が溢れていることを知り。

この物語は小さな歩夢が、アルフとして新たに生を受け。新しい家族と、アルフ大好き（大好きすぎる）魔獣園の魔獣達と、触れ合い、たくさん遊び、様々な事件を解決していく物語。

定価1,430円（本体1,300円＋税10%）　ISBN978-4-8156-3085-0

2025年5月、
最新19巻
発売予定！
もふもふを
知らなかったら
人生の半分は無駄
にしていた
1～18
著／ひつじのはね
イラスト／戸部淑
冒険あり、癒しあり、笑いあり、涙あり
もふもふたちに囲まれた
異世界スローライフ！
魂の修復のために異世界に転生したユータ。異世界で再スタートすると、
ユータの素直で可愛らしい様子に周りの大人たちはメロメロ。おまけに妖精たちがやってきて、
魔法を教えてもらえることに。いろんなチートを身につけて、目指せ最強への道??
いえいえ、目指すはもふもふたちと過ごす、穏やかで厳しい田舎ライフです！
転生少年ともふもふが織りなす
異世界ファンタジー、開幕！
1巻：定価1,320円（本体1,200円+税10%）978-4-8156-0334-2
2巻：定価1,320円（本体1,200円+税10%）978-4-8156-0351-9
3巻：定価1,320円（本体1,200円+税10%）978-4-8156-0357-1
4巻：定価1,320円（本体1,200円+税10%）978-4-8156-0584-1
5巻：定価1,320円（本体1,200円+税10%）978-4-8156-0585-8
6巻：定価1,320円（本体1,200円+税10%）978-4-8156-0696-1
7巻：定価1,320円（本体1,200円+税10%）978-4-8156-0845-3
8巻：定価1,320円（本体1,200円+税10%）978-4-8156-0864-4
9巻：定価1,320円（本体1,200円+税10%）978-4-8156-1065-4
10巻：定価1,320円（本体1,200円+税10%）978-4-8156-1066-1
11巻：定価1,320円（本体1,200円+税10%）978-4-8156-1570-3
12巻：定価1,320円（本体1,200円+税10%）978-4-8156-1571-0
13巻：定価1,320円（本体1,200円+税10%）978-4-8156-1819-3
14巻：定価1,320円（本体1,200円+税10%）978-4-8156-1985-5
15巻：定価1,320円（本体1,200円+税10%）978-4-8156-2269-5
16巻：定価1,320円（本体1,200円+税10%）978-4-8156-2270-1
17巻：定価1,540円（本体1,400円+税10%）978-4-8156-2785-0
18巻：定価1,430円（本体1,300円+税10%）978-4-8156-3086-7
ツギクルブックス
https://books.tugikuru.jp/

ツギクルブックス

愛読者アンケートに回答してカバーイラストをダウンロード！


愛読者アンケートや本書に関するご意見、香練先生、羽公先生へのファンレターは、下記のURLまたは右のQRコードよりアクセスしてください。

アンケートにご回答いただくとカバーイラストの画像データがダウンロードできますので、壁紙などでご使用ください。

https://books.tugikuru.jp/q/202412/elizabeth.html

本書は、「小説家になろう」（https://syosetu.com/）に掲載された作品を加筆・改稿のうえ書籍化したものです。

悪役令嬢《あくやくれいじょう》エリザベスの幸《しあわ》せ

2024年12月25日　初版第1刷発行

著者　香練《こうね》

発行人　宇草 亮
発行所　ツギクル株式会社
〒105-0001　東京都港区虎ノ門2-2-1
発売元　SBクリエイティブ株式会社
〒105-0001　東京都港区虎ノ門2-2-1

イラスト　羽公
装丁　株式会社エストール

印刷・製本　中央精版印刷株式会社

ISBN978-4-8156-3083-6
Printed in Japan